文創風

love.doghouse.com.tw

狗屋硬底子，臺灣文創軟實力，原創風格無極限！

文創風
love.doghouse.com.tw

文創風 011

孝嘉皇后

二之一〈一任群芳妒〉

台城柳 著

目錄

自序		005
引子	君臣一夢，今古空名	007
第一章	富貴本無心	009
第二章	鳳閣龍樓連霄漢	017
第三章	亂生春色誰為主	025
第四章	不圖繫腕，圖繫人腸	033
第五章	一任群芳妒	041
第六章	無計相迴避	049
第七章	昔日橫波目，今作流淚泉	059
第八章	一雨一風，鋪地落紅英	067
第九章	暗塵侵，上有乘鸞女	073
第十章	無端卻被秋風誤	081
第十一章	痛拔寒灰冷	093
第十二章	十分好月，不照人圓	101
第十三章	前世故人，也共一雙	109

第十四章　吞又吐，信還疑 - - - - - - - - - - - - - - - - - 117

第十五章　新恨猶添舊恨長 - - - - - - - - - - - - - - - - - 125

第十六章　秋雨晴時淚不晴 - - - - - - - - - - - - - - - - - 133

第十七章　天涯倦旅，此時心事良苦 - - - - - - - - - - - - 143

第十八章　總為浮雲能蔽日 - - - - - - - - - - - - - - - - - 153

第十九章　愁牽心上慮，和淚寫回書 - - - - - - - - - - - - 161

第二十章　問蓮根、有絲多少？蓮心知為誰苦 - - - - - 169

第二十一章　孤舟行客，驚夢亦艱難 - - - - - - - - - - - - - 177

第二十二章　卻下風簾護燭花 - - - - - - - - - - - - - - - - 187

第二十三章　月華未吐，波光不動，心涼如水 - - - - - - - 197

第二十四章　今歲早梅開，依舊年時月 - - - - - - - - - - - 207

第二十五章　誠知此恨人人有 - - - - - - - - - - - - - - - - 215

第二十六章　凝眸處，從今又添，一段新愁 - - - - - - - - - 225

第二十七章　又新枝嫩子，總隨春老 - - - - - - - - - - - - - 235

自序——最後的最後　仍舊是愛情

這算是一篇宮鬥文吧（頂鍋蓋掩面逃離，讀者問：妳自己寫的自己不清楚嗎？）。女主角出身世家，聰慧狡黠，無奈嫁入帝王家擔起統領後宮的角色。從進宮伊始便被迫與嬪妃鬥、與皇上鬥，經歷大大小小陰謀陽謀，一路行來刀光劍影，步步為營，最終為的無非是「身家利益」這四個字。會當凌絕頂一覽眾山小之後，好似得不得到男主角的心，已不再重要。

雖有傾國傾城之姿，卻並不貪戀愛情。這是她的魅力，也是她的悲哀。

會不會看著有點眼熟，是不是有點像精明能幹的摩登女性？受過良好教育，人格經濟皆獨立，有房有車有錢買花戴，事業打拚巾幗不讓鬚眉。雖偶覺高處不勝寒，但仍感嘆這邊風景獨美。好像都快忘記了身邊還缺這樣一個人，可以讓自己像小女生般笑一笑，躲入他懷裡然後撒嬌。

因為真心最難得，所以不奢望。

幾年前，這本書在內地出版時曾是另一個結局。當年初出茅廬的我，也正經歷著一些事情，總覺得愛情太虛幻，與其卑微地乞求，不如驕傲地拒絕。但是時過總會境遷，心情亦如是。這次在台灣出版繁體版，想了很久，最終決定還是獻給讀者一個花好月圓的完滿結局。不是嗎，再堅強的女人，再富有的家世，再聰敏的心思，再驚世的才華，在面對心愛之人時，仍會嬌羞如少女，純情而熱烈，唯望死生契闊，與子成說，歲月靜好，現世安穩。我明白這樣的結尾難免落入俗套，可是說到底誰不愛皆大歡喜？

因為真心最難得，所以更珍貴。

偶爾胡思亂想，如果可以有一張神奇的許願單，在上面列出想要的一切皆可成真。美貌、親情、財富、名望……你會在這張許願單上寫下什麼？

而即使是一個再冷心冷面，對愛情意興闌珊之人——

在最後的最後，會不會仍舊是愛情？

不過是因為，真心最難得。

引子　君臣一夢，今古空名

宣德元年，新帝登基，上官朝自始祖皇帝開朝定都來的兩百八十年中，上官裴是第十五位皇帝，史稱孝文帝。

上官裴登基的時候只有二十二歲，本來作為一個庶出的二皇子，他是永遠沒有繼承大統的機會的，因為祖制宗法嚴格規定，如果皇后育有子嗣，那無論長幼之分，必須是嫡出的皇子繼位。而且一旦嫡出皇子登基，所有庶出皇子必須在成年後離開京城，去藩外乖乖地做一個有名無實的王爺。能夠輔助皇帝的皇室子弟，只能是皇帝的一母同胞，無論男女。

除此之外，上官皇朝還有一條更為嚴格執行的祖律，那就是皇后的人選必須是出自平南望族司徒世家。

當年始祖皇帝上官達能夠在亂世中奪得皇權，世交司徒家族可謂功不可沒，司徒家族幾乎所有的成年男子都戰死沙場。上官達的莫逆之交司徒其在上官達的臂彎內嚥下了最後一口氣，在他臨終之前，他懇求上官達一定要照顧家裡僅存的小妹司徒荻。上官達含淚應允。

一年後，上官達定都上京，在他登上九五至尊寶座時，當即就冊立司徒荻為皇后。並且為了感謝司徒家族對於上官皇朝的貢獻，立下宗法規定，從今以後所有的皇后人選必須出自司徒家族。這個規定在過往的兩百八十年中，從來沒有被打破過。司徒家族也深受君恩，在漫長的歲月中漸漸龐大強盛起來，第一世家的威名不脛而走。

第一任的司徒皇后與始祖皇帝感情篤深，但婚後很長一段時間內都沒有生育。始祖皇帝在群臣死諫之下不得已才廣納嬪妃，不久之後就有了幾個皇子。但是始祖皇帝為了實踐對亡友的託付，也為了讓自己的愛妻放心，作出了一個對一人深情卻對其他人殘酷的決定——

如果在庶出皇子滿五歲時，皇后還沒有自己的子嗣，那庶出皇子的生母必須自戕，庶出的皇子自動讓予皇后撫養。

始祖皇帝這樣做，無非是為了防止萬一皇后沒有子嗣，在皇帝大限之後，會不被新帝善待，也怕其他嬪妃母憑子貴，外戚奪權。幸好司徒家的皇后不負眾望的占絕大多數，兩百八十年中，只有一任皇帝，第七世孝傑帝的生母蘇婕妤，按祖律自戕而亡。

前一任的皇后司徒敏，在二十歲時就嫁給了當時二十四歲的先帝上官燊。可惜上官燊才做了兩年的皇帝，便得風寒熱不治而亡。他們夫妻恩愛，情比金堅，何況上官燊生前也沒有留下任何血脈，司徒敏覺得獨留人世，了無生趣，便也不顧一切地隨亡夫而去，史稱孝敏皇后。

這位端莊賢淑，令世人為之動容的孝敏皇后，正是我的阿姊。

而我也是司徒家族這一輩裡唯一僅存的未嫁嫡出少女。

我叫司徒嘉，今年十六歲。

第一章　富貴本無心

上官裴的生母莫夫人本來只是當時的皇后司徒雲的梳頭婢女，姿色平平，字也不認識幾個，跟我的表姑母，也是當時的孝雲皇后，完全不可同日而語。當時的皇帝上官崍與表姑母的感情一向很好，舉案齊眉，如膠似漆。所以至今都無人知曉究竟是在什麼樣的機緣巧合下，先皇上官崍寵幸了莫夫人。不過可以肯定的是，先皇馬上就恢復了理智，自那一次寵幸之後，再也不曾召幸過莫夫人。而正是那一次的臨幸，卻無巧不成書地留給了莫夫人一個兒子，那就是上官裴。

我的表姑母什麼都好，獨獨容不得先皇寵幸其他嬪妃。更何況這次還是後院起火，自己昭陽殿中的婢女竟然勾引了皇上誕下皇子，讓平時被表姑母壓制的後宮嬪妃們都有了暗地裡排遣她的笑料。表姑母羞憤交加，便將莫夫人母子送到了景秋宮。

景秋宮是歷朝廢妃庶人被關押的冷宮，長年陰冷潮濕。景秋宮的執事姑姑是外號「鬼見愁」的陳姑姑，莫夫人母子的慘澹境遇就可想而知了。而先皇對表姑母的寵愛和因此事而產生的歉疚，便也表現在對表姑母近乎非人的整治手段採取了不聞不問的態度上。表姑母具體對他們母子幹了些什麼，我無從知曉。但是有一次我卻悄悄聽見母親對父親說，作為族長，讓他去勸勸表姑母，適可而止收手吧。連一向溫婉賢良、不問世事的母親都開口求情了，我小小的腦袋突然第一次升起了揮之不去的疑問——表姑母對這對母子究竟幹了些什麼？

當然，表姑母還有更重要的事要操心，那就是盡心盡力地培養嫡長子上官燊將來成為受百姓愛戴的一代賢君。先皇上官崆只生了兩個皇子，兩年前去世後，太子上官燊登基，冊封我阿姊司徒敏為皇后。可惜表姑母千算萬算卻沒有算到，自己的兒子不長命，二十六歲還不到就一命歸西了，身後也沒有留下任何子嗣。而當時被表姑母百般虐待的上官裵，卻一下子成了唯一可以繼承大統的先皇血脈。

前天上官裵的登基大典剛剛舉行完畢，今天冊立我為后的聖旨就已經到了我家。宣旨的公公在正廳朗聲讀出——

「奉天承運皇帝詔曰：新帝登基，中宮空虛。現冊立大宰相司徒瑞的二千金司徒嘉為后。司徒嘉明日起駕進宮，準備三日後的大婚儀式及入主昭陽殿冊封大典。」

我默默地跪在父親和三位兄長中間，靜靜地聽著這一個將從此改變我一生的聖旨。

公公宣旨完畢，我木然地隨著大家叩首謝恩，然後緩緩起立，上前接旨。待外人一走，我才抬頭看向父親。只見他一臉鐵青，一點也看不出第二次榮升國丈的喜悅，他的眼神中有的只是掩飾不住的擔憂。再回頭看我那三個兄長，他們也是一律的緘口不語，偶爾互相交換的眼神卻透露出焦慮。

我心裡忽悠地就產生了一種迷惑，我這三位兄長都是十幾歲就進入官場，早早揚名立萬的人物。大哥司徒理十二歲高中狀元，現在已經是文華閣大學士兼任大司馬。二哥司徒玨十五歲就隨我那個享譽天下的二叔遠征大元帥出入沙場，現在已經接任了二叔的位置，統領我國大半軍力，做了聲名遠播的鎮關大將軍。三哥司徒琤從小就體現出無與倫比的經商理財天賦，現在正是民間戲稱「財神爺」的戶部尚書。能讓閱人無數、經歷豐富的他們也顯露出不知所措的表情來，我倒對這道聖旨背後所蘊含的深意生出了些許興趣來。

「嘉兒，妳隨我到書房來。」父親也不多說話，徑直向書房走去。我探詢地看了看三位兄長，他們只是寵溺地看著我，點頭示意讓我跟著父親去。

父親的書房，我一共才來過兩次。

第一次是二哥第一次上戰場，我與其他兄長姊姊一起來這裡聽父親誦讀祖訓，當時我還只有五歲，腦海中記得的只有「精忠報國、忠孝節義」這些字眼。

第二次是當阿姊被冊立為皇后時，我在書房最後一次看到阿姊。阿姊馬上就要上十六人抬的鳳鑾，上等紅綢錦羅做成的鳳冠霞帔輝映著她耀眼的絕色容顏。我不明白為什麼母親一邊跟我們說這是天大的喜事，一邊卻不停地掉眼淚，最終忍不住和阿姊抱頭痛哭在一起。

阿姊被他們送上鳳鑾的那一刻，也許是親情使然，雖然不懂事，我終於也忍不住嚎啕大哭起來，掙脫了奶娘的手，跑向阿姊，口中還喃喃地叫道：「阿姊、阿姊，妳什麼時候回來？什麼時候回來呀？」阿姊比我大六歲，對我一向是無微不至的關懷，從小我們就是一個屋裡睡，一個院落裡玩，我對她的依賴可想而知。

阿姊蹲下來，用手上的喜帕輕輕地拭去我臉上的淚珠，在我胖嘟嘟的臉蛋上親了又親。我永遠記得阿姊最後對我說的那一句話，雖然當時我對這句話涵義的理解還模稜兩可。

那句話是——

嘉兒，幸好是我，不是妳呀！

阿姊從此就再也沒有回來過。

按照規矩，不滿十六歲的非宗室女子是不允許入宮覲見的。我好不容易盼呀盼，盼到了我十六歲的生日，心想著終於可以見到我日思夜想的阿姊了。但是等到的，卻是孝敏皇后為先帝殉情的消息。

我的世界在那一剎那一下子崩塌了，那個受萬眾仰慕的皇宮究竟是個什麼樣的地方呢？我那像鮮花般嬌嫩，如陽光般燦爛的阿姊怎麼就永遠地將她鮮活的生命留在了那個地方？

我整整哭了兩個月，兩個月後，我卻等到了跟我阿姊一樣的命運。

「嘉兒，爹……」父親坐在自己的書桌前，欲言又止。

我從來沒有看見過平時運籌帷幄的父親也有吞吞吐吐的時候，我不知能說些什麼，只能默不作聲地在一旁的椅子上坐了下來。

「妳也知道，作為司徒家的女兒，成為皇后可能是一條不由自己選擇的道路。有多少外人豔羨我們司徒家的女孩這樣的際遇，但是其中的辛苦又怎是這些外人所能體會的？我以為妳阿姊成了皇后，我和妳母親至少還可以留妳在身邊。但是世事弄人，想不到今天妳也要踏上跟妳阿姊一樣的路。」

父親的語調有些哽咽，只能藉著喝茶的當口緩一下情緒。我抬頭看著父親，第一次意識到父親真的蒼老了許多。為相數十年的官場生涯已經在他的兩鬢上留下了歲月的痕跡，他端茶杯的手也有些微微顫抖。不知為什麼，淚水就在我的眼眶裡打轉，我只能強忍著眼淚，回過頭去看向窗外。初夏的氣息已經很濃了，荷花池裡星星點點綴著粉紅的嬌蕊。平時都不常仔細欣賞過的荷花池，別離在即，倒也顯出不一樣的美來。

「當今聖上，妳也知道，並不是我們司徒家的皇后所出。而且由於一些原因，皇上他可能對我們司徒家有些偏見甚至說是積怨。他從小到大並沒有以太子的身分接受一個未來帝王應受的教育，所以對於如何成為一個真正的皇帝，可能還要些時日去適應。而妳因為不是長女，從小也不是以未來皇后的標準去教養。所以你們兩個此次大婚，今後的生活恐怕崎嶇坎坷不少。而宮中生活的險惡，為父不說恐怕妳也明白，所以妳為人處事一定要自己處處謹慎。」

我並不作聲，只是聽話地點了點頭。我一向跟父親的話不多，對於父親交代的話，我不知道除了點頭還能做些什麼。

「還有一點。上官裵……喔，不是，皇上。」父親輕輕地咳了一下才繼續道：「他因為以前不是太子，所以早已娶了幾房妻妾。妳姊夫當時登基以後，皇上就帶著他的生母莫夫人去了榕城，並娶了在榕城隱退的前任兵部尚書丁紹夫的女兒為妻，而後又陸陸續續納了四房侍妾，全都是一些名門大家中庶出的小姐們。」父親看見我的神色並沒有半點的異樣，也稍稍愣了愣，彷彿有點不相信與我這年紀不相稱的穩重。

見我沒有開口的意思，父親又繼續道：「我派人去打聽過了，當今聖上現今特別寵幸其中一個叫麗如的侍妾，她是保甯府太守元喜的小女兒，聽說不是一盞省油的燈。」

「父親，我是司徒家的皇后，我明白自己在後宮中的地位和權力。皇上寵幸誰、冷落誰，我都不會在意，也不會過問。不過諒她們也不敢欺負到我頭上來。」我的聲音還是波瀾不興。大大的眉眼攏在一排密長的睫毛下，溫順地看著父親身前書桌上的那一壇方硯，裡面的墨汁幽幽地散發出漆黑的光芒，彷彿預示著我未來的命運深不可測。

「這點，為父倒還不是最擔心，只是這個元麗如已經身懷有孕。妳瞧，按照祖宗的規矩，她若誕下皇子，而妳在五年內又沒有子嗣，她就必須自裁。所以即使她本來無心害妳，為了要活命自保，勢必也會想方設法地加害於妳。」父親的聲音漸漸地被窗外青蛙不知疲倦的鳴叫聲給掩蓋，聽在我耳裡嗡嗡的，並不真切。

我沒來由地輕笑了一聲。「父親，五年的時間很長呢，子嗣的事您就不用擔心了。」我寬慰道。

「哎，嘉兒呀，事到如今，爹也不瞞妳了。因為當初妳表姑母孝雲太后的事，上官裴對我們司徒家的所有人都恨之入骨。如今新帝繼位，難免對我們司徒家占據要職心生不滿，認為我們不屑於他庶出的身分而想要把持朝政，所以他一心想要一個非司徒家的皇子做太子。再加上他對我們積怨已深，若不是祖宗規矩上明白寫著，他根本不會冊立司徒家的女子為皇后呢。現在就是冊立了，只怕今後還是要生出許多風波來啊……」

我的神思卻漸漸地從父親的書房裡飛了出去，彷彿又回到了兩年前的那個秋日，阿姊摟著我在那裡失聲痛哭，那一聲聲的「嘉兒，幸好是我，不是妳呀」的悲戚哭聲，竟然越發清晰起來。

第二章 鳳閣龍樓連霄漢

今天我起得很早，東方才剛剛泛出一點魚肚白，我就在宮女的服侍下起床梳理了。因為再過兩個時辰，就是我跟上官裴完婚的吉時。

現在，我還居住在紫陽殿中。

紫陽殿照例是長公主未出嫁前居住的地方，但是先皇上官崞只生了兩個皇子，所以紫陽殿已經空置了很多年了。但是為了迎接我入宮，紫陽殿還是被整理得很乾淨，彷彿昨天仍有一位美麗的公主在這裡朝沐日華，夜賞月色。

只是我聽這裡的執事姑姑私底下跟我的奶娘許姑姑說，上一個住在這裡的長公主，被駙馬爺在新婚之夜勒死了。駙馬爺本來有自己的心上人，而當時的皇上為了成全女兒的愛情，下令賜死了那個姑娘。駙馬爺在弒殺公主後也沒有獨活，在心愛的人墓前引頸而亡。而在我之前住在這裡的那個待嫁皇后，就是我的阿姊，她也為了忠於愛情，追隨她愛的人而去。

我的心裡隱隱生出些許宿命的悲哀，受愛情擺弄的人原來都沒有什麼好結局啊！今天在紫陽殿裡等待披上嫁衣的我，又會有怎樣的愛情呢？

按規矩，皇后的寢宮是昭陽殿。古老而充滿祥瑞的昭陽殿因為漢成帝時一位才色殊絕、寵渥恩隆的皇后而聲名遠播，那個皇后就是後世傳說中身輕如燕的絕世美人趙飛燕。從此，昭陽殿也成為寵幸、榮耀與尊貴的象徵。

上官皇朝的始祖皇帝讓司徒家的皇后居住在昭陽殿中，他對司徒家的感恩之心可見一斑。

我在家中所有的侍女都不可以被帶入宮中，除了許姑姑。

許姑姑是我的奶娘，也是我阿姊的奶娘，作為兩朝皇后的奶娘，表姑母孝雲太后特意下了懿旨讓她進宮隨侍。

其實我猜表姑母也明白自己當年意氣用事的後果，現在將會由我這個年僅十六歲的表姪女來承擔，而這也許是她能為我做的最後一件事了吧。

孝雲太后自動要求搬到圩垸的行宮長陽殿去住，那裡離皇家園陵很近，她可以與自己的亡夫長相伴。

不過我想，另一個更重要的原因，就是當年她的那個梳頭婢女莫夫人已經跟隨自己的兒子回到了京城，而且據說已經開始在宮中慢慢顯露出她才是正牌太后的端倪來。

按照祖宗的規矩，莫夫人永遠成不了正式的太后，但上官裴對母親的孝順可以說是公開的秘密。

看著自己以前的婢女、曾經的情敵，再次以勝利者的姿態出現在她的面前，任何一個司徒家驕傲的皇后都不能忍受這樣的屈辱，所以她寧願搬離宮禁，眼不見為淨。

我心裡突然生出一絲感嘆，原來能夠活著就是最大的資本。我不知道的是，在今後歲月的很多時候，這個念頭一直支撐著我在後宮的生活。

我望著鏡中秀美的容顏，點頭向宮女示意自己滿意這個裝扮。

我從很小時就知道我沒有阿姊絕世的容貌，阿姊曾經是名動天下的第一美人。

從阿姊及笄之日起，就不知道有多少癡情男子在她每月兩次進廟上香的路上等候，希望可以在風捲簾動時偷偷地窺見一下她如天上星辰般流光溢彩的絕代風采。後來甚至發展到那些男子們提前一天就會在馬車將要經過的路上排隊，好的位置甚至被一些牟利的人炒到天價，只為了有機會能夠一睹美人真容，而其實這樣的機會幾乎微乎其微。

但是人人都知道阿姊未來的夫婿是皇上，所以他們雖然嚮往，卻並不奢望。

直到四年前，北朝的皇帝為了奪得美人歸，竟然向我國發動了戰爭，只因為阿姊的一幅畫像流落到了北朝皇帝的手中，讓他驚為天人。

北朝皇帝不知道的是，阿姊除了有一副天仙的容貌，還有一個善戰的二哥。

結局自然是可想而知，我國的疆域又擴大不少，每年朝貢的國家又多了一個。

後來那幅畫像輾轉被二哥帶回了家，父親瞅了一眼後，只說了一句：妍麗不及敏兒的十中之一。

而後的歲月裡，那條通往寺廟的路上依舊是永遠等候著的癡情男子，直到我阿姊成為皇后。

我想直到現在，美人雖不在，傳奇卻永存。

在阿姊的陰影下，我從來不覺得自己是個美人，家裡人看慣了阿姊的美貌，也從不對我的容顏多置評論。

直到後來慢慢地向我提親的人開始踏破我家的門檻，我才意識到原來除了司徒這個一人之下、萬人之上的姓氏以外，他們也許還看上了一些別的什麼。

隨著年齡的漸漸長大，我與阿姊也長得越來越相似。

阿姊殉情後的一段時間，母親極為悲痛，以致有些精神恍惚。她總是錯把我當成阿姊，拉著我的手不肯放開。直到那個時候，「我也是美麗的」的這個念頭，才終於開始在心底裡扎根。

「吉時到。司徒小姐，隨我來吧。」欽天監的司儀官洪博是一個貌似壽星的小老頭，個頭不大，但聲音洪亮。

我站起身，身上沈重的裝飾壓得我突覺暈眩，要不是許姑姑攙扶住我，恐怕我剛才就要獻醜於人前。

左邊的一隊站著一排穿著華麗的後宮貴婦，突然，從那堆人中傳出一聲悶悶的嗤笑聲。我側目掃過去，幾乎所有的女子都是一律的低眉順眼。我作為後宮最尊貴的夫人，除了皇上以外，是沒有人可以平視我的。

但是，有一個女子卻仍然斜頭直直地望向我，眼神冰冷得讓我有些不寒而慄。

不可否認，她是一個豔麗的女子，最多不過剛滿二十的樣子，可眼角眉梢間盡是不加掩飾的輕謾和與年齡不符的跋扈。

我們就這樣隔著人群對視著，周圍的一切彷彿在那刻停滯。我心跳得厲害，但是神色仍然是一如既往的平靜。就這麼點對視的功夫，就讓我看出了她更嚴重的挑釁——她絳紅的外裙下，竟然穿著明黃滾邊的內裙。

明黃是至高無上的顏色，除了皇上與我，任何人穿，都是謀反的罪名。而我現在離皇后的身分僅一步之遙，內裙也只不過是亮紫色。只有當大婚儀式完畢，我才有資格更衣讓明黃取代亮紫。

我轉過去，跟隨著前頭的司儀官向朝陽殿走去。那裡是天子的居所，我未來的夫婿在那裡等我。

他是皇上，所以我不能遲到。而像她這樣的對手，我有的是時間對付。想到這裡，我的臉龐漾滿了笑容。

我穩步踏出了紫陽殿，撲入眼簾的是文武百官匍匐在地對我跪拜的景象。初昇的日陽將金色的光芒籠罩著我全身，我呼吸著清晨清冷的空氣，頭腦中充斥著一種近乎神聖的意念。

是的，從今天起，我就是司徒家族誕生的第十五位皇后。而我，也會向我先前的各位司徒家族的傳奇女子一樣，以自己的手段——統領後宮。

在進入朝陽殿前，一方紅帕覆在了我的龍鳳珠翠禮冠上，晃得兩旁綴下的珠翠、花釵微微震顫。我隨著喜娘的指引輕移蓮步向前走去，慢慢地在一雙方統朝靴前站定。上好的小鹿皮折射出柔和的光澤，靴面上團團金絲纘繡著一條金燦燦的五爪真龍，騰空而起，追逐著耀眼的太陽。密密的針線、巧奪天工的手藝，一看就是江南進貢而來的御用之物。

大婚的儀式在朝廷重臣和所有宗室子弟面前進行，我知道我的父兄此刻也正在人群的前列注視著我，所以我並不太緊張。整個冊立儀式並不如我想像的繁複，很快地我的頭蓋就被緩緩地揭開。殿堂由幾十顆碩大的夜明珠照耀著，雖身在殿內卻如置身於正午陽光下般的明亮。

我的目光從那雙黑靴漸漸上移，一邊看一邊禁不住暗暗讚嘆，果然是頎長清俊，身形飄逸。最終，我的目光駐足於他的臉龐。原來傳言中他的俊美並不是誇張，那句一直讓我覺得是誇大其詞的「女有司徒敏，男有上官裴」，原來只不過是對事實的一種陳述罷了。

在我注視他的同時，他也回看著我。他的臉上一點也看不出新婚的喜悅，微微上挑的眼角充斥著的卻是一絲淡淡的不屑和憐憫。憐憫？為什麼？我司徒嘉有什麼需要他憐憫的？還是說……

不及我多想，他已經攙起我的手，向臺上的龍椅鳳座走去。說是攙，倒不如說是拽更加妥貼。他的力氣很大，外加握在玉鐲上，我只覺得手腕火辣辣地生疼，但我還是儘量保持著端莊雍容的氣度。待坐定，他回望我，眼裡劃過稍縱即逝的驚訝。

看來第一個回合，我已經令他側目。

「宣眾嬪妃參見皇后娘娘。」司儀官洪亮的聲音再次響起。

我知道冊妃儀式昨日就已進行了，為的是今天她們可以以嬪妃的身分來對我行三跪九叩之禮。

五位女子從側殿款款走出，不出我所料，那名紅衣女子也在其中。她排在隊伍的最後，不時地朝臺上望著，眼光在我和上官裴之間游移。司儀官一個個報出她們的封號和名字，讓她們出列，對我行跪拜之禮。行了禮，便表示她們認可我後宮之主的地位和對我無可置疑的臣服。

「前任兵部尚書丁紹夫之女丁采芝，冊封為丁夫人。」

「襄陽節度使之妹宋飄盈，冊封為宋昭儀。」

「兩江御史郭正清之女郭霞，冊封為郭婕妤。」

「江北鹽道史張繼啟之女張慧娘，冊封為張容華。」

我對她們的叩拜點頭示意，並揮手讓身邊的女官打賞。

「保定府太守元喜之女元麗如，冊封為元美人。」

那個紅衣女子慢步走來，正要下跪，只聽我身邊的男人突然開口道——

「元美人身懷龍胎，就免跪吧。皇后應該不會介意吧？」他輕描淡寫地說出了這句話，目光卻不看向我，只是注視著我們跟前那一臉得意的女子。

司儀官覺得不妥，剛想說些什麼，卻被我制止了。

「既然元美人身懷龍種，那就免跪吧。」說話的當口，我只覺得身邊那一雙幽幽美目正瞥向我這側。

紅衣女子臉上的驕橫在一剎那間滿溢，使得她本來嫵媚的臉龐竟生出些扭曲來。她提起裙邊準備向偏殿走去，身邊的宮女小心翼翼地扶著她，她隆起的小腹已經很明顯了。

我的目光追隨著她的身影，眼光突然瞥到站在前排的父兄。他們都略顯擔心地望向我，不知我將如何面對這樣一個下馬威。

「元美人，請留步。」我依舊是不溫不火的聲音。母親曾經對我和阿姊的性格做過比較，阿姊如水，溫柔恬靜；而我似山，堅韌頑強。母親看人一向是很準的。

元美人略顯吃驚，回過頭看向我，眼光不時移到上官裴身上，妄圖尋求答案。

我不理會，繼續道：「司徒家自始祖皇帝起，已經出了十五位皇后了。從第一任皇后開始，司徒家就專門找智者能人編寫了《帝女經》，作為後世司徒家的女子從小必修的功課。其中說到皇后要統領後宮，首當其衝必須要嚴格恪守祖律，只有這樣，國才可以稱國，家才可以為家，帝王之家才可以做萬民表率，國家才可以祥和，正氣才可以傳延。」我轉過頭去看向我的夫君。「皇上新帝登基，要的不正是家和國興嗎？」

他點頭。對於這樣冠冕堂皇的話，他只能點頭。

「司儀官！」我的聲音突然提高，人也從鳳椅上站起來，寬大的龍鳳和袍喜服索索發響。

「告訴元美人，除了帝后以外，其他人擅穿明黃，該怎麼處置？」

洪博跨前一步，嘹亮聲音響徹整個朝陽殿，短短八個字，元美人已經癱坐在地。

「謀反死罪，滿門抄斬！」

第三章　亂生春色誰為主

話音剛落，朝陽殿中便發出一聲聲的低呼抽氣聲。

群臣對於司徒家的皇后一向是敬畏的，即使我只有十六歲。但那只因為那個我與生俱來的、榮耀的姓氏。

只是我這麼快就與新帝的寵妃正面交鋒，還是在自己的大婚儀式上，卻是人人都沒有想到的，包括我的父兄。

我看見父親示意讓三位兄長稍安勿躁，靜觀其變。而最疼愛我的二哥卻向我投來了讚許的目光，我知道能征善戰的二哥一定最能明白我的心思，兵法上這一招叫做「先發制人」。

「皇后！」

身邊的男人低低喚了我一聲。俗話說「關己則亂」，這句話真是一點都不錯。

他的聲音不若剛才的冷若冰霜，我可以聽出他的一絲惱怒，或許還夾雜著些不安。不過讓我意外的是，語氣中竟然隱隱約約還有一絲求和混雜在其中。

叫了一聲後，他卻不再說話。是啊，他確實什麼都不能說。擅穿明黃本就是對皇權的挑戰。新帝繼位，需要的是盡可能地鞏固皇權的威嚴。所以即使看見心愛的女人血濺當場，恐怕他仍舊什麼都不能說吧！因為如果他想要當好這個皇帝，就必須冷酷。而冷酷和對皇權的嚮往這兩樣，我看他一樣都不缺。

我沒有回頭看他，只是高昂著美麗的頸脖看向朝陽殿外。滿頭的珠翠壓得我的頸脖好痠，現在才能微微舒展一下。

日陽已經完全昇起，湛藍的天空沒有一片雲彩，金燦燦的光芒耀眼得讓人睜不開眼睛，但是我卻不以為意，以一種近乎崇拜的目光欣賞著日陽，只因為它是世間萬物的主宰，正如我對於整個後宮來說。我的目光越過人群，看向遠方，天地之間無比遼闊。

沈默是一種有力的武器，特別是王牌在手的時候。短短一刻的靜寂，讓我即將出口的話聽在眾人耳中顯得尤為重要。而我最主要的目的，還是要讓元美人嚐一下等待自己命運判決的痛苦。

「今天是陛下與本宮的大婚儀式，滿門抄斬這樣的血腥與普天同慶的氛圍不合。本宮也體諒妳剛從民間入宮，不懂禮儀。但死罪可免，活罪難饒。妳就去祖宗那裡跪一天悔悟吧。」我面無表情，轉過頭去。「許姑姑，著人帶元美人去太廟。」

太廟是不允許除了皇后以外的其他女人涉足其內的，所以她只能跪在太廟門口。門口地面上的白玉岩九龍浮雕栩栩如生，但我想跪在上面的人一定不會有心情去欣賞名師大家雕刻手法的精妙。

我又抬頭看了看遠方，今天的陽光真是燦爛呢。

許姑姑領著兩個宮女進來，準備拖著腿腳已軟的元美人去太廟。

人人都明白在太廟門口跪一天對一個身懷六甲之人來說意味著什麼，但是本來要滿門抄斬的罪，現在只換來這樣一個算是象徵性的處罰，誰也不能怪我心狠手辣。

所有在場的人都自動讓出一條道來，整個朝陽殿內鴉雀無聲。

元美人在絕望之際突然又生出最後一絲希冀，雙眼含淚地看向上官裴，嬌弱無力地叫出一聲——

「皇上！」

我順著她求救的目光，也看向上官裴，他緊閉著雙唇緘默不語，漆漆的美目掠過一絲恨意，不過很快就歸於平靜。我明白他在惱恨我的手段，不過也同樣惱恨著元美人的愚蠢。以下犯上給自己討來一個謀反的罪名，絕對不是後宮中示威的高超手段。

沈默了半晌，他終於開口，聲音已恢復平靜，彷彿要出口的話與自己毫無關聯。

「皇后是六宮之主，一切就依皇后的吧。」

元美人眼中閃現的一絲希望倏地黯淡下去，彷彿冷冷的一桶水把將熄未熄的火星徹底澆滅一般。

半個時辰以後，我回到昭陽殿裡休息，蓄好精神準備應付晚上的大宴群臣。

皇上去了皇家校場檢閱軍隊。

許姑姑從太廟回來覆命，我輕輕接過宮女遞過的甘露荔枝蜜，漫不經心地嚐了一口。「她不願跪我，那就讓她跪祖宗吧。」

「小姐，為什麼不一了百了，處死她呢？」許姑姑一時還不習慣我皇后的身分，仍然用在家裡的稱謂叫我。

「死一個元美人不足惜，可是今天除掉了元美人，將來還會有張美人、李美人。我不想與皇上的關係還未開始就弄到不可收拾的地步，我要的只是樹立我在六宮的威信。我要讓那些心懷不軌的人忌憚我，即使要耍陰謀詭計，也得跟我計劃周全了再來現。他們一猶豫，我就有時間了，而我需要的只不過是時間罷了。」說得多了，我有些乏，輕輕打了個哈欠。

許姑姑意會，抬手讓身邊所有人退下。

我的枕下有一把用鐵骨山的千年精鋼打造的小匕首，刀柄上有一顆鵪鶉蛋大小的藍色寶石，那是我二叔在我十六歲生日時偷偷送我的禮物。據說這是斡丹國的歷代女王代表無上權力的象徵，除了象徵意義以外，這把匕首還能殺人，刀起頭落的鋒利。

斡丹國最後一位女王在面對二叔百萬西征大軍的那一刻，將這把匕首刺進了自己的心臟，而那個女王也恰好是我二叔最愛的人。

我很小心翼翼地收藏著這把匕首，隨身攜帶著，連睡覺也放在枕下，除了二叔以外沒有人知道它的存在。在後宮這個危機四伏的地方，它貼身的冰冷讓我感到一絲安心。

善陽殿，美酒佳餚，君臣同樂。我坐在珠簾後面，與我的丈夫共同接受著群臣的朝拜和祝福。第一個走上前來恭賀的是我的父親，做了二十多年的大宰相，兩任國丈，三朝元老，身分尊貴自然不同一般。

「老臣恭祝皇上、皇后從今以後琴瑟和鳴，伉儷情深。」父親端著酒杯的手微微有些顫抖，斑白的鬍鬚隨著嘴巴的張合有節奏地飄動著。

我知道父親的祝福不比其他臣子的惺惺作態，他是真心誠意地希望著我婚姻幸福，不管這希望是多麼渺茫。

「大宰相，你養了個好女兒啊！」上官裴有著低沈悅耳的聲音。

可本該讓人如沐春風的清越音調，由他口中說出卻總是讓人背脊生汗。我聽不出他這句話是由衷的真話還是諷刺的反話。話音剛落，上官裴已抬頭將杯中的酒一飲而盡，然後揮手示意讓父親退下。父親朝珠簾後的我望了一眼，跟著也將酒飲盡，默默地退回到自己的座位上。

皇后的禮服非常的沈重，層層疊疊繁複異常，頭上的綴飾壓得我的頸脖痠疼到近乎麻木，額際上彷彿有金針在刺扎，我不禁在心裡祈禱著能夠早點回去休息。

突然，一個讓我驚恐的念頭占據了我的腦海——作為我的丈夫，今晚他將與我同眠！

忽閃而過的這個念頭讓我的胃一陣抽搐，我的手不由自主地探進了禮服內，摸到了那把冰冷的匕首。匕首的寒氣讓我漸漸鎮定下來，望了望一丈開外的他，我的內心突然生出了類似於祭品供上聖壇的大義凜然之念。

正出神間，一個內侍上來稟報——

「上京百姓們和各個屬國派來的特使團為了慶祝陛下與娘娘大婚，特意在宣華門外大放煙花。恭請陛下和娘娘移駕宣華門城樓觀賞，與民同樂。」

「哈哈，難得他們有心了！」

這是我第一次聽見他笑。

他起身繞到珠簾後向我伸出右手，我將自己的左手輕輕放入他的掌心。他的手掌寬大略顯粗糙，指節處還有幾個繭子，我看得出這是一隻慣常使劍的手，他手上繭子的位置與二哥手上的如出一轍，難道他也像二哥一樣是個一等一的用劍高手？

「妳很冷嗎？」

問這話時，他並沒有看向我。我想這只不過是隨意的問話罷了，我回答與否其實都不重要。他不知道的是，其實我袍袖裡另一隻手中握著的匕首更冷。

雖然已經是初夏，但是高高的城樓上，風還是呼呼作響。我額前的一小縷散髮掃過我的眉心，酥癢得厲害。我一隻手被他牽在掌中，另一隻手緊緊地握著那把匕首，因此只能任憑那股散髮在我的額頭放肆。

煙花絢爛，將天空染成色彩的海洋。他看得興致勃勃，我悄悄地側首看向他，他的臉上竟然難得地呈現出孩童般的興奮。我繼承了平南人的高眺頎長，但還只是剛及他的耳根。只見他劍眉輕挑，眼波流離，嘴唇微微地張開，煙花的光芒將他的側臉輪廓勾勒出迷幻一樣的神采，我突然發現將目光從他的臉上收回竟然是件困難的事。真是迷人的男子，我不禁暗想。

他忽然回頭看向我，我來不及收回目光，四目相對，我的臉騰的一下就紅了。幸好周圍很暗，心裡慶幸他應該不會察覺。他也愣了愣，不過兩、三秒的時間，他伸出一隻手探向我。我一下子警惕起來，背部不自覺地僵直，只覺得刀柄那顆藍寶石抵得我拇指的指節格格生疼。

不過是我多心了，他只是將我額前的碎髮攏到耳後，小心翼翼中有種不切實際的溫柔。

「妳真美。」他的聲音啞啞的，有一種來自遠方的幻覺。「真的很像她。」

「她？」我不解。

他看向遠方，一朵耀眼的大紅禮花升向空中，隨著一聲轟鳴巨響向四周散開，明滅的光亮映射在他的眼眸中，璀璨如星辰。

「司徒敏。」

他這樣稱呼先帝的皇后，是為大不敬。但我沒有糾正他，阿姊的名字觸動了我心底最柔軟的一方淨土。

「陛下見過我阿姊？」關於阿姊入宮後的一切，我都想知道。

「很久以前的事了，她——」

還未等他把話說完，一個內侍急匆匆地走上來，在他身邊耳語了幾句。

他只是「嗯」了一聲，然後就轉過頭去繼續觀賞煙火表演。

周圍又是一片安靜，只有內侍們擎著的燈籠內發出火苗噗噗燃燒的聲音。

我大約猜到了事情的緣由，但是下定決心絕不先開口。

彷彿是一場耐性的較量，他也等待著我的詢問。不過這個回合，還是我贏了。

「朕希望妳滿意。」他的聲音陰鬱得嚇人。

我直視前方，深知沈默不僅是武器，也是防禦。

「元美人小產了，是個五個月成形的男胎！」他的牙齒恨得咯咯作響。

他突然甩開我的手，向前跨了一小步，人微微前傾，雙手扶住了城牆。

城樓下的百姓看見他的出現，驚天動地的高呼萬歲聲排山倒海地響起。

我也向前跨了半步，與他並肩而立。

城樓下歡呼的聲音在此刻達到了高潮。百姓們需要看到的是帝后的琴瑟美滿，即使事實遠非如此。

樓下震耳欲聾的歡呼聲甚至掩沒了禮花的巨響，但是我知道我說的這句話，即使再輕，身邊的他還是一字一句都聽進去了。

「那陛下就得管教好那些嬪妃們，讓她們知道誰才是後宮之主。否則下一次掉的就不是胎兒，而是腦袋了！」

第四章 不圖繫腕，圖繫人腸

等一切大典結束，我回到昭陽殿時，已經接近午夜時分。皇上沒有與我一起回來，慶典結束後，他就直奔溯陽殿，那裡是元美人的寢宮。

新婚之夜獨自度過，著實讓我鬆了口氣，暗暗有些慶幸沒有處死元美人的決定還是正確的。探聽消息的宮女洛兒回來稟報，小產後的元美人情緒極度激動，痛哭不止，甚至還明目張膽地在溯陽殿裡大聲咒罵我。洛兒只不過是個十四歲的新進宮女，說到元美人的以下犯上，紅撲撲的小臉呈現出一副氣鼓鼓的模樣。

在後宮，主子若是得勢，奴才的地位自然也會隨著提高。這種一榮俱榮、一損俱損的關係千古不變。

當然，除了景秋宮的陳姑姑。

我只是笑了一下，不以為然，並沒有大家預計的震怒。只敢在背後對我罵罵咧咧，在正面相遇時還得對我卑躬屈膝，對元美人這樣一個心比天高的女子來說未必不是一件更痛苦的事。絕大多數時候，表面文章已經足夠，而我並不是一個貪心的人。

卸了妝，更了衣，整個昭陽殿就只有我一人了。我知道那些訓練有素的宮女內侍們都在周圍的暗處靜候，只要我輕輕一聲召喚，他們立馬就會出現在我的跟前聽候差使，但是現在我需要的是獨處。

昭陽殿是整個皇宮中除了朝陽殿以外最大的宮殿。紅牆琉璃，雕梁飛簷，金碧輝煌，氣勢宏偉。上官家族的皇帝們極盡所能地給了司徒家族的皇后最好的一切，其中也應包括愛情的甜蜜吧。

我裹在輕紗羽衣中款款走到略顯空曠的亭廊上，抬頭望著天上的彩雲追月，不禁生出感慨——歷代司徒家族的皇后中，我應該是唯一一個在新婚之夜獨守空閨的吧？

也許是睏了，我緩緩地閉上眼睛，嘴角卻不由自主地向兩側上揚，這個笑容是自嘲還是無奈呢？

聽到身後有輕輕的腳步聲，應該是許姑姑來了。睡前許姑姑總是堅持要讓我喝一碗燕窩銀耳蓮子羹，說是潤肺養顏。「妳把燕窩羹放在桌子上就可以了，過會兒我睡前會喝完它的。」

「原來皇后還真是懂得保重自己的身體啊。」低沈的男聲在背後突然響起。

是他！我倏地睜開眼睛，轉過身去。他換下了朝服，只穿了件寬大的玄色袍服，頭髮仍是像白天一般高高束起，神情卻是慵懶的，略略還有一些疲倦。

今天真是漫長的一天呀！而對於現在的我來說，這漫長的一天，遠沒有結束。這個認知讓我從心底升起一絲惱怒。

我屈膝行禮。「陛下，這麼晚了，臣妾沒有想到……」我的頭低垂著，眼睛隱藏在密長的睫毛下，目光只是注視著他靴子站立前方的那塊青磚。

他接下來說出口的三個字讓一向自詡遇事鎮定的我也不禁驚出了身冷汗，不是駭人驚恐，卻是出乎意料。

「侍寢吧。」

這三個字慢慢地通過耳朵鑽入腦海，然後像浸了水的磨麵粉一樣開始發漲，直到漲開了，撐得腦子發疼，再也沒法容下了，才慢慢地如灌了鐵一般沈入心底。

我仍然站在那根立柱旁，文風不動。穿堂而過的夜風向後吹起了我身上的輕紗，將我軀體的輪廓清晰地勾勒出來。

他終於意識到了我的靜止不動，向前跨了一大步，在我面前站定。雙眸緊緊地鎖住我的臉龐，半是玩味、半是挑釁地看著我臉部表情的變化。可惜他也許要失望了，雖然內心翻江倒海的掙扎，但是我的臉上除了溫婉便是順從。

他緩緩抬起左手伸向我，寬大的袍袖被風吹拂得在空中翻飛，使得他的手如同隱沒在波濤中的一葉小舟，看不真切。

「陛下，臣妾……」無數個婉拒的理由從腦海中穿梭過，但都瞬間被我一一否定。他是皇上，我的夫君，他要讓我侍寢，確實天經地義。我走上前去，將手放入他的掌中，任由他牽著我回到內殿。

內殿裡最顯眼處就是一張碩大無比的臥榻，由幾圍厚重的西域進貢的金絲紗幔層層圍住，只是隱隱約約看得見榻上擺放著繡龍畫鳳的明黃錦褥和成雙成對的大紅鴛鴦枕。

我的匕首就在枕下。

在榻邊，他停下腳步，轉過身來看向我。我迎上他的目光，漆黑眼眸彷彿是能把人生吞的萬丈深淵。一個念頭還沒有轉完，他冰涼的雙唇已經覆蓋上來。他的兩片唇涼涼的，微帶著薄薄的酒氣，有著一絲不真切的微甘。許姑姑以前開玩笑地說過，薄唇的男人一般都很無情，像我家二叔就是最好的例子。

想到我親愛的二叔，我的臉上禁不住有了忽現的笑意，連帶著呼吸的氣息也有了一絲變化。他察覺到了我氣息的紊亂，突然雙手扶住我的肩頭，把我向後推開半尺，然後捕捉到了那一抹還不及消退的笑容。

「有什麼很好笑的事嗎？」他的語氣微有慍怒。「說出來讓朕也高興高興。」

我不答話，心裡很明白無論現在說什麼，後果都可能是激怒他。我怔怔地回望著他，他的臉龐映著柔和的燭光，散發出溫柔的神韻。我感覺到自己的身體在他的注視下漸漸發燙起來。他身後的一面銅鏡中倒映出我的容顏，病態的嫣紅浮現在如雪的肌膚上，剎那間有種妖冶的美。

我頓悟，現在我需要的是一擊即中。《帝女經》教導司徒家的女子不僅要如何母儀天下，還有如何獨寵專房。而我從小就是一個好學生。

不知是仍舊氣惱我剛才的笑，還是震撼於我驚人的美，他迷失在我流離的眼波中，靜靜出神。就在那一剎那間，我的雙臂已經攀上他偉岸的胸膛，鮮豔的紅唇也撥開了他的唇齒。他沒有防備，極度驚愕中，人竟然順勢倒向臥榻，高大的身軀帶下那一片金色的帷幔，輕柔縹緲得似霧一樣從天而降，將我們兩個整整包裹在其中。

我在他的懷中，他玄色的袍服已經被我靈巧的雙手解開一半，露出白色的褻衣。他終於反應過來，滿臉的笑容，春風般的美。

他一個側身占據了主導位置，在帷幔的籠罩下，像端視一件珍品一樣看著我，眼光則是狂熱的海洋。他一甩手扯開了我的羽衣，光潔的裸膚泛著緞子般的光澤。他的手覆上了我的身子，略顯粗糙的手掌所到之處，讓我的肌膚變成一片晶瑩的緋紅，而我也感受到了他身體的回應。

我解開了他的褻衣，不等他恢復理智，便迎了上去。他顯然沒有料到我的主動，猝不及防間他悶悶地低吟了一聲。豆大的汗珠從我的額頭滲出，撕心的疼痛是我始料未及的。咬緊的牙關帶出了嘴唇上的一絲殷紅，呼應著身體某一處的痛楚。

父親以前經常教導我們，操之過急總是要付出代價的，原來這句話一點不假。

我無力地癱倒在臥榻上，臉色白得嚇人。他看出我的煎熬，一點都不敢妄動。雙手支起自己的體重，不敢在我的身上施加任何重量。

「妳這又是何苦呢？」不知什麼時候，他的髮髻鬆散開，髮絲紛撒在我的裸肩上。我倔強地別過頭去，汗珠順著額頭優雅的弧線從一側滾落。

他小心翼翼地將自己從我的身體抽離，掩袍起身。我羞於自己的赤身，也掙扎著要起來，但身體深處傳來的疼痛使我的嘗試以失敗告終。

「朕讓宮女來服侍妳沐浴吧。」他嘆了口氣，站起身來。

這樣的挫敗感我有生以來從未經歷過，現在更加不需要有旁人來見證這一尷尬。「不用了，臣妾自己可以的。」

他回轉身看向我，我蜷起的身體像瓷娃娃般嬌弱。

他又嘆了口氣，撿起自己落在地上的袍服，猶豫了一下，便上前彎身攔腰抱起了我，小心地將我圍裹在他的袍服中，向偏殿的玉湯池走去。

我溫順地將頭倚在他的胸膛上，他的心跳聲傳入我的心房。

玉湯池的水來自皇宮西側的玉湯山，玉湯山上有一眼很出名的溫泉。第三朝的皇后司徒舒是個體弱多病的美人，當時的皇上上官秳採納太醫的建議，說玉湯山的溫泉可以活血通筋，強身健體，便動用了十萬民工、八年的時間，在玉湯山和昭陽殿的偏殿下修建了一條可以不間斷提供溫泉水的管渠。所以這玉湯池又成了司徒家族的皇后們榮寵至極的一個象徵。

他將我放入池水中，自己靜靜地在旁邊的貴妃榻上半倚著，兩人之間的沈默在嘩嘩的流水中充斥著。

溫暖的水舒緩了我的疼痛，水煙嫋嫋迷濛了我的眼睛。一天的疲乏終於襲了上來，水的溫度加速了我的昏昏欲睡。半夢半醒之間，我只感覺到一雙有力的大手將我從池中撈了出來。

雖已醒來，但不願面對，所以仍是閉著眼睛，任那一雙我既陌生又熟悉的大手替我輕輕掖乾全身，然後還是將我裹在那件有著他甘洌氣味的袍服裡，抱回了我的臥榻，放入了柔軟的錦褥內。

「許姑姑，妳好好照料皇后。」他將聲音壓得很低。

「奴才知道了。恭送皇上。」

他要走？我的思緒一下子警覺起來。我親自挑起了他的慾望，但並沒有能夠滿足他。現在他要去向哪裡？今晚我會親手把他推向哪個嬪妃的懷抱呢？

「皇上，移駕溯陽殿？」一個內侍湊近，小聲建議道。

是的，我情願他今晚去溯陽殿，至少元美人最近一段時間都不能侍寢了。我心裡想著明天要好好將他身邊的人都瞭解一下，而眼前這個人，要賞。

他在沈默，我在等待。

「不用了，回朝陽殿吧。」

祖宗規矩，除了皇后，任何嬪妃不得夜宿朝陽殿。

那一晚，我睡得特別安穩。

第五章　一任群芳妒

進宮後的第三天，按禮節皇上與我將以新婚夫婦的名義回宰相府見我的父母，稱之為「回門」。歷來司徒家的每一個帝王女婿都對岳丈、岳母非常的尊敬，翁婿關係一向良好。

自從新婚之夜那一次令人不願回首的相遇後，我還未曾再見到過他。御膳是我傳到昭陽殿裡獨自享用的，而他也沒有特意來看望過我，彷彿那一天的肌膚相親完全是兩個陌路人的一夜情緣罷了。我嚐到了操之過急的教訓，告誡自己以後無論如何要克制忍耐，繼續等待時機。

這兩天我將內侍總管龐京傳到身邊，讓他好好將宮中的各色人等都給我介紹了個全。龐京是個受過我家恩惠的人，從小與他相依為命的弟弟龐斐在二哥的軍中當差。當年與北朝一戰中，我二哥救了他唯一的弟弟一命。事後龐京攜弟親自登門道謝，感激涕零。二哥送他出門的時候，我跟阿姊正從觀音廟進香回來。龐京瞟見了蒙著面紗的我和阿姊，意味深長地說了一句「司徒家以後有用得著我龐京的地方，在下萬死不辭」。

從龐京的口中，我得知皇上身邊有一個特別信任的侍衛統領傅浩明。他是皇上的表兄，自幼父母雙亡。當年莫夫人母子在景秋宮生活很不如意的時候，他靠在外面替鏢局押鏢賺了錢偷偷接濟莫夫人母子。當年龐京看著他們可憐，在無傷大雅的情況下也對這事睜一隻眼閉一隻眼。後來太子繼位，上官裴攜母親去了榕城，傅浩明也就跟隨著自己的姨媽和表弟去了那裡，一心一意照顧他們。現在表弟繼位做了皇帝，他馬上就得到重用，做了大內的侍衛統領，保護皇上的安危。我猜想，那天建議皇上移駕溯陽殿的男人八成應該是他。

「小姐，皇上退朝了。妳看要不要讓人提醒皇上一聲，今天要回門呀？」許姑姑很滿意她今天為了回門替我精心準備的妝容，絳紅色金絲百鳥朝鳳繡紋冠服，盡顯司徒家皇后的高貴美麗。

我左右端詳了下鏡中的容顏，琢磨了下許姑姑的提議。「還是我親自去請皇上吧。」

許姑姑招手，一個年輕的內侍從殿外跑進來。「皇上退了朝，現在在哪兒呢？」

這個內侍胡德是我委託龐總管特意安排在皇上跟班隊伍裡的。

「回姑姑的話，皇上現在在滎陽殿丁夫人那裡。聽說丁夫人又生病了。」

「丁夫人？」我默默地唸著這個名字。腦中搜索著大婚那天我見到的那個紫衣女子的容貌，可惜一點也想不起來。應該不是一個特別美麗的女人，否則模糊的印象我總是應該有的。

「怎麼，你說『又』病了？難道丁夫人身體一直不好嗎？」許姑姑畢竟是照料我多年的奶娘，對我的心思還是很明瞭的，她替我問出了心中的疑問。

「聽滎陽殿的羅姑姑說，丁夫人的身子一向很不好，昨兒個晚上還咳了血。皇上很著急，已經連著幾天都在那邊了，不過聽說恐怕……」

他話到這裡，就沒有再說下去。奴才在背地裡討論主子的身體狀況總是忌諱的，何況這個主子看起來還不長命。

「許姑姑，讓他們擺駕，本宮要去滎陽殿。」我慢慢地踱步到亭廊上，向不遠處的滎陽殿眺望。利用一個將死的女人去收買我丈夫的心，不知會不會有一點令人不齒？

榮陽殿就在昭陽殿的西側，穿過景華宮就到了。我到的時候，已接近中午，當頭的太陽火辣辣地耀武揚威，從地上反射上來的熱浪灼得我頭暈目眩。夏天原來真的已經來了。

門外候著上官裴的貼身內侍張德全，看見我駕到，剛要高聲傳話，被我輕噓了一聲制止了，他知趣地退到了一旁。對於皇上的原配夫人，在不明狀況的情形下，我還是決定先讓她幾分。

我提起裙邊輕輕地跨進了榮陽殿的大門，宮女看見我，一路紛紛下跪。許姑姑擺了擺手，讓她們不要驚動內殿的丁夫人。

母親經常說我走起路來輕得像貓，一點聲音也沒有。轉到內殿門口，裡面的人顯然也沒有發現我。透過門上的暗格，我可以清楚地看見內殿的狀況。一個高大的男人一身深藍色大內侍衛的裝扮，背對著我站立在丁夫人床邊，看不見他的長相，但不知為何，我卻知道他應該是一個好看的男人。他腰間繫著的一把長劍格外顯眼。

御前佩劍。

如果沒有猜錯的話，這人應該是侍衛統領傅浩明。

丁夫人一身粉紅的褻衣斜靠在臥枕上，只看得見她的側臉，果然姿色普通。由於生病的關係，臉色蠟黃，與粉紅的顏色有著不協調的滑稽感。不被人察覺的我輕輕地吁了口氣，剛想跨門進去，突然就聽見了上官裴的聲音。

「采芝，妳還是再吃一點吧。妳老是吃不下東西，我不放心呀！」他手中端著一個還冒著熱氣的青花小瓷碗，口氣彷彿在哄一個小孩子。

我的心「咯噔」了一下，他喚她「采芝」，他稱自己為「我」。

我忍不住再次抬眼仔細觀察了一下被他稱為「采芝」的丁夫人，雖然一副病懨懨的樣子，但看他的眼神卻是無比溫柔，這種溫柔在她的臉側勾勒出淡淡的光暈。她望著上官裴的樣子像一個溫良賢淑的妻子，但更像一個溺愛孩子的母親。我知道丁夫人比皇上大四歲，她身上散發出的容忍和恬淡，是我所陌生的，卻也使我有些莫名的緊張。

一滴冰涼的水滴沒有徵兆地滾進了我的頸脖，我沒有防備，哎喲了一聲。內殿的人都轉頭看向我，就在那轉頭抬眼的當口，我看見傅浩明的手已經停在了劍柄上。我無可奈何地抬眼瞄了一下始作俑者，那盆吊在內殿門框上的蘭花正吐露著芬芳。

「臣妾見過皇上。」我將頭埋得低低的，向坐在丁夫人床沿上的上官裴行禮。我的語氣已經恢復了平靜，提起裙邊款款走近他們。「聽見丁夫人抱恙，本宮特意過來看望。」許姑姑已經替我在她的榻前安放了一張圓凳。

看見我進來，丁夫人掙扎著要從床榻上下來行禮，我趕忙走上前去扶住她。「丁夫人，行禮就免了。妳養好身體是當務之急，皇上和本宮都希望看見妳早日好起來呢。」

丁夫人剛才這麼一動，人又開始劇烈地咳嗽起來。

上官裴馬上上前摟住她的肩，輕輕地拍著她的背。

從進來到現在，我都不曾好好看過上官裴一眼。那一夜尷尬後再次重逢，羞澀感還是有的，哪怕是高高在上的皇后。

現在看見他如此溫柔地將另一個女子摟在懷中，和風細雨般的溫柔，突然一絲淡淡的苦澀回轉入心間。不過幸好也只是轉瞬間的事，我的情緒又恢復到了波瀾不驚。

「許姑姑，昭陽殿裡應該還有二哥從高麗帶回的幾支千年人參，妳等等去取來給丁夫人。」我回過頭去吩咐許姑姑，儘量避開他們夫妻恩愛的舉動。

「多謝皇后有心了。朕一直很擔心夫人的病。」

他喚我「皇后」，他稱自己為「朕」。

儘量甩開腦中紛雜的念頭，我看向上官裴的眼睛看不出任何情緒的變化，彷彿他與我只是不甚相熟的兩個人。「不知道太醫診斷下來如何說？」我試探地問道。

「這是陳年頑疾了，一直不好，也就習慣了，所以就不麻煩太醫來瞧了。」丁夫人還是依偎在上官裴的懷裡，菜色的臉上竟然散發出光彩來。

「許姑姑，宣邱太醫來榮陽殿。」看來這個丁夫人還很不適應現在自己非同一般的身分。也好，太把自己當回事的人，往往後來都會發現自己錯得很離譜。我想元美人現在一定同意我的觀點。

上官裴對我報以一抹淡淡的笑，然後馬上轉頭看向丁夫人。不過我的眼角還是瞟到他的目光在我的身上停留了那麼一剎。

從進門到現在，我都沒有好好看過傳說中的傳浩明。趁邱太醫替丁夫人把脈的當口，我抬起頭看向他。

他還是腰身挺直地站在一邊，這麼長時間能夠文風不動，看來定力不是一般的好。那傳說中的武功超群不知道是不是也是真的呢？

他的確是個傳統意義上好看的男人，劍眉星目，氣宇軒昂。他突然轉過頭來看向我，我不及將頭轉開，眼神就在那一刻相交。他的眼神冰冷，有一絲漠視在裡面。我的驕傲不能容忍這樣的挑釁，雖然他的眼光懾人，但是我並不是普通人家的女孩子。兩個人就這樣對視著，空氣彷彿也凝固了。

我看見他的瞳孔漸漸收縮，生出打量的趣味來。就在這當口，我突然對他報以嫵媚的一笑。他一怔，匆匆將目光轉開，臉上卻不知何時生出片刻的紅暈。

所謂「傾城一笑」，無非如此。

邱太醫把完脈，輕輕地捋了捋鬍鬚，彷彿在掂量著自己將要說出口的話的分量。

「邱太醫，有什麼你就直說吧。」上官裴的聲音透出一絲焦慮。

「恭喜皇上、恭喜丁夫人。」邱太醫頓了頓，不知為何卻看了我一眼，才繼續道：「丁夫人有喜了，已經三個多月了。」

「真的？」丁夫人一下子喜極而泣，撲倒在上官裴懷裡。

上官裴的眼睛裡也洋溢出不可抑制的笑容。

「但是夫人的身體，要生這個孩子，得好好調養才行，否則……」邱太醫這「否則」後面的話意味深長。

走出縈陽殿，仍然熱浪襲人。

我自從出來，一路上就沒有開過口。

許姑姑湊過來，小心翼翼地問：「小姐，那回門的事？」

我回頭瞥了眼身後的縈陽殿，已經完全不記得去時的初衷了。

現在還有比回門更重要的事等著我操心呢。

第六章　無計相迴避

晚風習習，吹走了白日的悶熱。皓月高掛，點綴著綢緞般的星空。用過了晚膳，我屏退了侍從，只讓許姑姑陪我去御花園內的荷花池邊散步。

許姑姑是個貼心的人，她知道我現在心裡不爽快，只是默默地跟在我身後，一言不發。

滿眼的芙蓉爭豔，撲鼻的馥郁芬芳，卻都引不起我的興趣。我的腦海中反覆重播著下午父親與大哥進宮看望我時與我的談話。

「什麼？丁夫人有喜了？」大哥「霍」的一下將手中的茶杯放下，手勢稍重，幾滴滾燙的茶水濺在大哥手上。大哥卻沒有在意，只是一臉擔憂地回過頭去望向父親。

父親輕輕地吹開茶杯中漂浮的茶葉，緩緩地飲著，並不急於開口。

我知道父親沈默的時候，往往是在思考對策。而值得父親花精神思考對策的問題，一向是棘手的。

「昨日皇上下了聖旨給妳三哥，讓他明日動身去徹查壅北大壩決堤的案子。」

父親一開口，彷彿文不對題。

朝廷花了五年時間動用了過百萬的國庫銀兩在蓬江上修造的壅北大壩，想不到剛建成了大半年就決堤了，淹沒了大半個壅北城不說，百姓死傷過萬，民怨甚深。前去初步勘查的官員呈回來的摺子上只寫了八個字「偷工減料，以次充好」。而負責建造壅北大壩的人，正是我的舅舅燕王賀昌海。

「這並不是戶部的事，為什麼要三哥去查？」我看出了問題所在。

「這是皇上開始動手的信號。」大哥壓低了嗓子。雖然是在昭陽殿的私密小書房裡，但總須防隔牆有耳。

我心裡馬上就有了分曉，這案子分明是吃力不討好，裡外不是人的差事。若是三哥秉公辦理，那舅舅若真被查出怠忽職守，或是還有貪污的罪名，就足夠讓他本人掉腦袋，說不定還要連累賀氏全族，而司徒家與賀家歷代積累下來的關係不亞於我們與上官家的淵源。若是三哥有意放過舅舅，就會被人說是藏有私心，包庇內親，那也是要掉烏紗的罪名呀！所以說無論三哥如何處置，對於司徒家來說都是傷筋動骨，大傷元氣的。其實這事完全可以交給一個置身事外的人來處理，只要公正的話，旁人都不會有話說，也無須將司徒家拖落下水。

送走父兄的時候，父親緊緊地握著我的手，對我不放心地看了又看。這個富貴華麗的昭陽殿已經奪去了他一個女兒，而他仍然無可奈何地要將另一個女兒也留在這裡。為人父的心痛和不捨，我從父親的眼睛裡可以看出來。

父親臨走時交代我的最後一句話就是「只有妳生下太子，才是可以保全自己和我們司徒家的最好保證」。

而我，是絕對不會讓司徒家族失望的。

表面上待我客氣，暗地裡卻盤算著要對我的族人下手，枉我百般謙忍，還希望著與你夫妻恩愛，共度人生。既然你從來不曾有過同樣的想法，那也休怪我不念及夫妻之情。想到這裡，我憤憤不平，同時也暗暗下了決心。

站在河岸邊的一棵垂柳下，我出神地望著湖面上碎金般泛著的點點星光，忽明忽暗之間閃爍出夢幻的魔力。「許姑姑，明天早膳後，妳將後宮所有嬪妃都宣到昭陽殿來，本宮有話要對她們說。」想到明天，我的笑容跟今晚的月色一樣迷人。

這是我第一次在自己的昭陽殿裡接受著後宮嬪妃的跪拜。幾日不見，元美人蒼白消瘦不少，裹在石青色的長裙內，真是我見猶憐呢。

可惜我不是男人，更不會憐香惜玉。

我滿臉笑容地讓她們起身。

宮女已經呈上了暹羅國進貢來的芒果凝露蜜，頓時昭陽殿裡果香四溢，我淺嚐了一口，甘甜爽口。「久聞暹羅國的芒果凝露蜜甜香爽口，入口猶醇。今日一嚐，果然不同凡響。各位請慢用啊！」

除了元美人和丁夫人外，其他幾位嬪妃都端起了玉盅品嚐了起來。

丁夫人抱歉地說太醫不讓她飲冷食。

而元美人則如驚弓之鳥一般，只是緊張地盯著眼前的那個白玉盅，彷彿裡面藏的是什麼洪水猛獸。

「今天本宮讓大家來，是有一個好消息要宣佈的。」身後的宮女輕輕地為我搖著宮扇，涼風習習。

我抬眼看了一眼丁夫人，今天的她一身湖藍，薄施脂粉，略顯侷促地坐在我的右側首座，比昨日見到時的樣子精神許多。「昨兒個太醫剛診斷下來，丁夫人懷有身孕了，這真是天大的好事啊！」我的語氣儘量透露著由衷的喜悅，彷彿身懷有孕的是我一樣。

宋昭儀、郭婕妤、張容華都先後起來給丁夫人道喜，丁夫人的臉上漸漸漾出幸福的紅暈來。

而我注意的則是元美人的神色變化。

元美人乍開始好像沒有聽懂我話裡的意思，只見她雙目仍舊緊緊盯著面前的白玉盅，然後突然間猛抬頭瞪向丁夫人，那眼神半是疑惑、半是錯愕。

我在心底慢慢地數著究竟要多久元美人才能徹底地反應過來，她果然沒有讓我多等。看向丁夫人的眼神漸漸從迷茫轉向豔羨，再從豔羨迅速過渡到嫉妒，最終停留在憎惡上，不過馬上又回復到初始的樣子，盯住白玉盅一言不發。這變化之快，若不是我剛才集中精神地觀察著她，我想我也不會捕捉到這轉瞬即逝的一幕。

人往往是這個樣子，對於權勢比自己大、地位比自己高的人會產生一種敬畏來，即使自己痛苦的直接根源是對方，都不敢明著反抗。而對於她認為不如自己的人，便可以將自己的不快轉嫁到所謂的弱者身上，即便對方與這一切本無瓜葛。而我看元美人就是這樣一個欺軟怕硬的貨色。何況她剛剛掉了孩子，現在看見別人懷了身孕，心裡當然是千萬個不爽，而嫉妒的力量是可怕的。

我決定再為元美人的情緒推波助瀾一下。

我清了清嗓子。「這個孩子若是平安出生，將是皇上的第一個孩子。佛祖保佑是個男娃，讓皇室的血脈得以傳承。」我站起身來緩緩走向丁夫人，丁夫人看見我走近也怯怯地站起身來。

「丁夫人，太醫說妳身子不好，不能受一絲一毫的驚動，否則不要說孩子保不住，大人的性命也不好說啊！」我雖說得不響，但確保在場的每個人都聽見了我的話。

「許姑姑，賜丁夫人靈芝十枚、鹿茸五盒。」我瞄了一下周圍嬪妃後，繼續道：「本宮從家裡還帶來了五十顆南珠，妳給丁夫人拿十顆去，讓金鑲齋給打造一副釵子，所需的銀兩就從本宮的月俸中扣吧。」

許姑姑已經從後面端出一個圓盤，黑色的絲絨上靜靜躺著十顆鵪鶉蛋大小流光溢彩的南珠。俗話說「西珠不如東珠，東珠不如南珠」。我這五十顆南珠可都是廣西合浦進貢的精品，顆顆碩大渾圓，光彩照人。即使在宮裡，這樣成色的南珠也找不出幾顆來。我很滿意看見其他嬪妃的眼睛瞪得如盤上的珍珠一樣渾圓。

丁夫人已經跪了下去，眼角彷彿有淚水正在醞釀。「皇后娘娘，您對臣妾這樣好，臣妾如何敢當？」

「哎，快別這麼說。要不是我們身處帝王家，本宮還應該叫妳一聲姊姊呢！」我連忙上前扶她起身。

我轉過身去，對著其他幾位嬪妃說：「妳們也要好好的努力，希望可以早日替皇上多生下幾個皇子皇女來。本宮一定不會虧待大家的。」我款款走回自己的首座，轉身坐下的剎那，冠服的下襬被我甩得老高，耀眼似鳳凰擺尾一般在空中劃出一道美麗的弧線。

眾人正在寒暄著，門外突然有人高聲宣佈皇上的駕臨。

眾嬪妃跟隨在我身後，一起走到昭陽殿大門外接駕。

「臣妾恭迎皇上御駕。」所有人都屈膝行禮。

皇上仍舊穿著朝服，看來是直接退了朝就過來了。我猜想是不是他聽見我把丁夫人傳到了昭陽殿而不放心，匆忙趕過來呢？他身旁的傅浩明仍是我昨日見到他時的打扮，只是這次他不敢再直視我，看了我一眼後，迅速將目光轉向別處。我淺笑。

「皇后和眾愛妃平身。」他上前幾步，迅速抬手扶起了丁夫人。

我聽見他小聲地對她說了聲「采芝，小心！」，語氣中滿是關懷。

照道理，皇上應該先扶起我，特別是在眾嬪妃面前，這個面子總是要給我的，但是他只瞄了我一眼便徑直走向了丁夫人。

不過這種小細節，我可以忍耐，我一定要忍耐。

我抿了抿唇，自己站起了身，跟在攙扶著丁夫人的皇上身後走進了昭陽殿。我暗想，如此高調的示寵，你不是在愛護丁夫人，而是在替她找麻煩。我滿意地看見幾位嬪妃的面色也略有不滿，看來元美人要找個幫手並不難。

我與皇上坐在主座，其他嬪妃分別在兩側依次坐定，有一搭沒一搭地說了會兒閒話。自始至終我都作壁上觀，這個皇后我才做了四天，而他們這一大家的夫妻情深最短的也有一年多了，我確實插不上什麼話。

不過我的沈默似乎也勾起了上官裴的興趣，他不時側眼看了看坐在身邊安靜的我。每當他抬眼瞧我的時候，我都假裝不知道他的注目，只是專心致志地聽著別人的談話。直到最後一次，就在他又回頭看我的當口，我挑眉斜眼回瞟了他一眼。他的目光馬上如網般緊鎖住我的目光，就在那一當口，我調皮地向他眨了眨眼睛，然後轉過頭去裝作什麼也沒有發生一般。

他初一驚，隨後笑意漸漸爬上他的臉龐，竟然忍不住放聲大笑起來。

「皇上，怎麼啦？」丁夫人關切地問道。

昭陽殿的眾人頓時安靜下來，等待著他的答案。

「沒什麼，朕今天的心情……很不錯啊！」

他說話的時候，還是偷偷瞥了我一眼。而我只是正襟危坐，彷彿剛才他的心情突好與我一點關係也沒有。

瞧見我的故作姿態，他忍俊不禁，只能捧起身前的芒果凝露蜜，裝模作樣地喝了起來。

下午皇上要去南麓書院接見新晉的科舉進士們，各位嬪妃也各自回宮散了。被他們鬧騰了半天，我有些乏了。

回到寢宮，回想著剛剛離殿時元美人與郭婕妤的竊竊私語，我的心情又好了不少。

躺在臥榻上，一個宮女跪在榻邊替我輕輕捶著腿，許姑姑在旁邊慢慢地搖著扇子。

「小姐，妳看皇上什麼時候才會駕臨昭陽殿啊？」

她像一個母親一樣關心著我的婚後生活。

我轉了個身，並不搭話。其實我也不知道他什麼時候會再來，難道上次的遭遇讓他如此掃興，以至於短期內不會再給我第二次機會嗎？

這個午覺睡得我很不安穩，翻來覆去只是覺得心緒不寧，索性起來了，讓許姑姑陪我去亭廊上走走。

剛走到亭廊，就看見傳浩明急匆匆地走進昭陽殿，看見我頓了頓，接著下跪請安。

「傳統領，你不是隨著皇上去南麓書院了嗎？怎麼……」我詫異。

「皇上特意讓我回來傳話，說今晚要在昭陽殿用膳。」

他只是低著頭不敢看我，我預感他還有話要說，便也安靜著不接話。

短暫的沈默，只有知了在庭院外不知疲倦地告知人們夏天的存在。

「皇上……皇上今晚還要夜宿昭陽殿，請娘娘做好準備恭迎聖駕。」傳浩明艱難地將這句話說出口後，出乎意料地抬起頭望向我。他褐色的眼眸反射著室外的陽光，呈現出淡淡的琥珀色。一陣穿堂的夏風吹過，我的香帕禁不住風的誘惑，從我的手中飄開，我只是怔怔地望著那兩汪淺淺的琥珀色，沒有動彈。

他仍舊是跪在我面前，我也只是靜靜地回望著他，不知道這樣的沈寂持續了多久，我才回過神來。

「多謝傳統領前來相告。」我轉身離開前低聲說了這麼一句，突然發現他低頭看著地面的眼睛被一排如蝴蝶翅膀般的睫毛覆蓋著，輕輕的上下眨動著。

不知怎的，我的心一緊。

不願多想，我轉身離開。

第七章　昔日橫波目，今作流淚泉

等待總是顯得格外漫長，連一向被父母稱譽說有著與年齡不符的好耐性的我，都顯得有些焦急。

許姑姑將為今晚準備的待選裙服讓宮女在我的面前一一展示，姹紫嫣紅，鑲金繡銀的精妙服飾卻引不起我絲毫的興趣。

許姑姑終於沈不住氣，催促起我來。「小姐，妳倒是拿個主意吧！還有兩個時辰不到，皇上就要過來了。妳到現在衣服也沒選好，頭髮也沒有梳，妝也沒有化，怎麼接駕呀？」

許姑姑看來真是年紀大了，她現在嘮叨起來總是沒完沒了。

我的心底突然生出一許悲哀，難道每次我的夫君來我這裡，我都要大張旗鼓地更衣打扮，希望靠自己的美麗容顏來換得片刻的恩寵嗎？

以色事他人，能得幾時好？不知為何，文人感嘆武帝皇后阿嬌的詩句一下子躍入我的腦海。要是許姑姑知道我這個時候想起「千金縱買相如賦，脈脈此情誰訴」的武帝廢后，會不會覺得太不吉利？那個色衰恩馳，沒有兒子，最終獨死在長門宮的陳皇后，告誡著後世所有出身尊貴、備受榮寵的皇后們要永遠牢記：在後宮裡，容顏與家世都可以在一夜之間被顛覆，唯有手段和一個可以依靠的兒子，才是在後宮安身立命的根本。

「不用特意選了，就拿我平日沐浴後穿的裙服就可以了。」那是一套玄色的絲袍，唯有腰間一條火紅的腰帶作為裝飾，寬大的領口將粉頸一展無遺，絲綢的質地在走路時緊貼住身體的曲線，搖曳生姿。

許姑姑狐疑地瞪著我，心裡想著我是不是腦子壞掉了。

「妳跟皇上用膳時怎麼能穿這衣服出來示人呢？」

「誰說我要出來示人？傳我的懿旨，將御膳送進內殿。」我的嘴角不露聲色地向兩邊展開，緩緩地拔下頭釵，讓及腰的長髮傾瀉而下。「許姑姑，隨侍玉湯池。」

經過在玉湯池內半個時辰的溫泉浸泡，我的肌膚暈泛出淡粉紅色的珍珠光澤。濕漉漉的頭髮鬆鬆地在身後用一支琉璃金釵綰起，偶爾垂落下來的幾絡散髮觸在頸間，有一絲的癢。許姑姑替我洗完頭後又用梳子沾著玫瑰花露一遍又一遍地梳順，黑亮亮的頭髮散發出若有似無的清新香氣，像個調皮的孩童捉迷藏一樣，一抬頭聞到了，可轉瞬之間又不知去向。

我端詳著鏡中的女子，如含苞待放的新生百合一樣清新雅致，又如曇花乍放時的奪人魂魄。上官裴看慣了各色女子為他爭奇鬥豔，會不會對我刻意營造的漫不經心反而覺得與眾不同呢？

我不知道上官裴對女人的口味，我只是在賭我的運氣。

隨著一聲聲漸傳漸近的「皇上駕到！」，我的心也被慢慢地揪到了嗓子眼。

「許姑姑，妳退下吧。」

許姑姑不放心地看了我一眼，終於還是靜靜地退出了內殿。

「臣妾恭迎聖駕。」我屈膝行禮，確保頸部美麗的曲線可以被他盡收眼底。

「皇后，起來吧。」他並不上前來攙扶我，只是饒有趣味地圍著我繞行一周。「古人云：秀色可餐。今日見到皇后，朕方知古人不是誇大其詞啊！」

他一身白色的袍服，更是襯得他俊逸非凡。

款款地起身，慢慢地臉紅，緩緩地低頭，嬌羞的一聲「皇上～～」。這幾個動作我已經在無人時反覆練習了多遍，確保風情萬種，顧盼生姿。

「哈哈……」他爽朗的笑聲充斥著整個殿宇。「浩明，司徒家歷來出美人，這句話看起來好像實至名歸啊！」

浩明?! 我驚詫地回過頭去，才發覺那個藍色的身影自始至終都站在門廊處，一動也不動。他的視線聚焦在某處，眼神略微迷茫。突然想到剛才我所有的扭捏作態，都被傅浩明看在眼裡，我的心裡莫名地升起一股惱怒。強壓下心頭的火氣，我將注意力重新集中到上官裴身上，今天晚上他才是我的獵物。

「皇上，我讓昭陽殿的小膳房特意準備了一些我們平南的特色小菜，您嚐一嚐吧。」說話間，我擊掌示意，不一會兒，幾個宮女已經將酒菜佈置好。

上官裴慢慢地走到我的跟前，我還不及開口，他已用一根食指挑起了我的下顎，直視著我的眼睛。他的眼眸漆黑發亮，直直地看進人的心裡去一般。不知為何，我的腦海中突然閃現出一雙琥珀色的眼睛。這個念頭令我心驚，雙腿就軟了下去，正好倒在上官裴的懷抱裡。

「如果說朕要先嚐嚐妳，皇后怎麼說？」

他輕輕地將這句話吐入我的耳中，滿臉皆是壞壞的笑。我怕癢，格格地笑了起來，人在他的懷抱裡顫動得像初春枝頭的迎春花蕊一般。

「皇上，傅統領還在呢。」我害羞地將頭埋在上官裴的懷裡。

「浩明，你退下吧。」

上官裴一門心思都在我的身上，吩咐傅浩明退下的時候，連頭都沒有回。

上官裴湊近身來，在我的唇上輕輕啄了一口，便攔腰將我抱起，向臥榻走去。

我的頭髮從他的臂彎間散將開去，像飛天瀑布一樣飄撒在空中。就在我被上官裴輕輕放在臥榻上的那一刻，我側頭看見了傅浩明轉身出去關門的側影。他也彷彿感知到此刻的我正在看他，就在那一剎那，他回過身來看向我。我看見了他的劍眉、他的眼睛，還有嘴角處隱隱約約的一絲無奈和痛心。

我想再多看他幾眼，可是上官裴的吻已經密密實實地落了下來。

我聽到了門重重關上的聲音。

傅統領，今晚你會一直守在昭陽殿的寢宮外嗎？

不可否認，上官裴是個好情人。精力充沛，體貼溫存，豐富的經驗充實著他的技巧，而我的曲意承歡和對《帝女經》的學習也使得我們真正意義上的第一夜很完滿。

隨著他的一聲低吼，他筋疲力竭地將頭埋在我的頸間。這是他這個晚上第三次要我了。滿臉的香汗淋漓使我的頭髮都濕漉漉地黏在額頭，我一隻手輕輕地拍著他光裸的背脊，兩個人都享受著這激情過後的沈默。殿外響起淅淅瀝瀝的雨聲，我側過臉望向門外。殿內的紅燭已經燃盡，一片漆黑蔓延開去，將殿外侍衛的人影像小時候看的皮影戲一樣，清晰地投在門窗上。

雖然沒有刻意找尋，但我還是一眼就認出了他的身影。背脊筆挺，高頎偉岸，他就這樣默默地站在風雨中。

剛才寢宮內的男歡女愛，他應該都聽見了吧？

兩個多月前，阿姊自盡的消息剛剛傳回家中，家裡亂作一團。父母親和哥哥們都連夜趕入宮中，而我因為年歲未滿的關係不能入宮，被獨自留在了家裡……

我坐在阿姊出嫁前的閨房裡，四周的一切都提醒著我，房間的主人已經不在這個世界的殘酷事實。

阿姊，妳真的就狠心拋下我們去了嗎？我真的不會再見到妳了嗎？

我想找一個人說說話，可是無人可以傾訴。就在那天晚上，我偷偷地溜出來，跑去了觀音廟。已是深夜，觀音廟裡空無一人，我獨自一個人跪在觀音菩薩面前，想起往昔和阿姊一同進香的歲月，失聲痛哭。

就在我撲倒在跪墊上哭得天昏地暗的時候，一個拉長的黑影突然出現在我的身旁。我受驚，低低地叫了一聲，哭腫了的眼睛充斥著恐懼，人蜷縮在跪墊中，顫抖得像一隻待宰的羔羊。

一個年輕好看的男人輕輕地在我面前蹲下來，從懷中掏出一塊方巾遞給我。

「這麼晚了，妳一個女孩子家獨自在這裡，很危險的。」

他有著好聽的聲音，看我的眼神溫柔中帶著憐惜。

「我想跟菩薩說說話。我想問菩薩，為什麼阿姊不要我了？」說到阿姊，我的淚水止不住奪眶而出。

「妳這麼可愛，妳阿姊怎麼會不要妳了呢？」

他的聲音有催眠的作用，我竟然發現我的眼皮好重。我哭得氣喘，哽咽中將阿姊為了追隨姊夫而自盡的故事斷斷續續地告訴了他。當然，我隱去了阿姊的真實身分。那一刻，我只是需要一個傾訴之人而已。

他的眼睛在月光的照映下，像一潭煙霧迷濛的湖泊，泛著令人心醉的琥珀色。他伸出一隻手，輕輕地撫摸著我的長髮，話音空靈得彷彿是從另外一個世界傳來的一樣。

「佛曰：捨得捨得，有捨有得。妳阿姊為了得到她想要的愛情，不得已才捨下你們。」

我滿眼淚光地抬起頭看他。「為了愛情放棄一切，值得嗎？」皎潔的月光中，他像一尊神一樣俊美。他回望著我，並沒有說話，只是伸手小心翼翼地摟住了我的肩，我竟然沒有多想，就一頭哭倒在這個陌生男人的懷中。

那一夜，我失去了阿姊，也失去了我的初吻。

那個吻發生得太過突然，我梨花帶雨的剎那，他怔怔地望著我，就在淚珠劃過我的唇線將落未落之時，他一低頭便啜上了那兩片嫣紅。我極度驚訝，卻沒有反抗。相反的，心裡有絲淡淡的甜慢慢回轉入口中。模糊之中依稀記得，我的淚水沾濕了他的前襟，他只是緊緊地擁著我，在大殿前冰冷的地上盤腿坐了一夜，我就這麼靜靜地躺在他的懷中慢慢睡去。

天亮時，家裡人在觀音廟裡找到我，他已經不在我的身邊。可我隱約中知道，他一直在我的周圍守衛著，直到我被家裡人帶回去為止。事後我再回想起那晚的每個細節，想為那天自己的所作所為找個合理的解釋。人在極度脆弱的時候，往往會以一種不理智的心態對任何一個表示關懷的傾訴之人產生依賴和信任，不是嗎？

那一夜之後，我突然長大了，我牢牢地記得他對我說的那句話：「捨得捨得，有捨有得。」要得到自己想要的，必須得放棄一些東西。

可是我心裡一直更好奇地想知道，他對於我另一個關於值得與否的問題，究竟會給出一個什麼樣的答案呢？

我再次抬眼看了一下門外的那個身影，心中不禁疑惑為什麼門外冰冷的雨絲會飄進我的眼中。

眼皮漸漸地耷拉下來，即將入夢鄉之際，朦朧中感覺到身邊的男人正用他纖長的手指輕輕地畫過我的眉眼輪廓，只聽他淡淡地嘆了口氣，自言自語地說了一句讓我百感交集的話——

「妳要是不姓司徒那該多好。」

可惜，我叫司徒嘉。

第八章　一雨一風，鋪地落紅英

待我醒來時，皇上已不在我的身邊，我知道他天沒亮就起身上早朝去了。

許姑姑來服侍我起床洗漱時，忍不住的滿臉笑意，周圍的宮女也都是一臉的曖昧。

我特意選了一件立領的裙服，將頸脖間昨晚恩愛的痕跡掩藏得嚴嚴實實。從小生長在我們家這樣龐大的家族裡，我知道人多嘴雜這個道理，不過我想其他殿的嬪妃應該都已經知道皇上昨晚夜宿昭陽殿的事了。

對著鏡子慢慢地描著眉，心裡還是淡淡地蕩漾開少婦新婚後的歡喜。

許姑姑看見我似笑非笑、若有所思的表情，也忍不住打趣我道：「小姐，我可就盼著早日抱小皇子了！」

我斜了她一眼。「哪有這麼快？」心裡卻忍不住有著相同的期盼。

「娘娘，殿外傅統領求見。」洛兒上來稟告。

他來幹什麼？我微微蹙眉。不知為何，他是我現在最不想見到的人。

我定了定神，道：「讓傅大人進來吧。」

傅浩明進了大殿，下跪行禮，一如既往的面無表情，不過感覺上對我似乎比平日裡更冷若冰霜。我的注意力卻落在他的身後，他還帶來了一個醫官和一個宮女。宮女的手上端著一個盤子，盤子上擺放著一碗還冒著熱氣的湯藥。

一看這架勢，我就明白了七、八分，心幽幽地就往下沈了去。

儘量保持著往日平靜的語氣，我發問：「傅統領，平身吧。你來參見本宮，有什麼事嗎？」

他站起身看向我，眼神複雜，這樣的憐惜使我想起了那一夜的觀音廟。他欲言又止，我看出了他的掙扎。

敵不動，我不動。我們就這樣僵持著，誰也不說話。

不過他最終還是下了決心開口。「娘娘，皇上讓微臣來給您送藥。」

他的聲音還是如此的空靈，跟我記憶中那一晚分毫不差。

果然是這樣！

最後的一絲希望也瞬間被擊碎。幸好我是端坐在椅子上，否則我怕我會一下子癱坐在地上。

我側眼望了望鏡中的自己，臉色蒼白得嚇人，更顯得剛抹過的唇嬌豔得詭異。

「傅統領，本宮沒有生病，不需要吃什麼藥。」我故作鎮靜地回答他，眼光卻不敢停留在那熱氣直冒的小碗上。

「娘娘，您是聰明人，何苦要讓微臣將話說穿呢？」他的聲音壓得很低，極其艱難地將這句話從牙縫中一字一句地吐出來。

我「霍」的一聲站起來，徑直走到他的面前，抬起頭直視他的臉。他來不及避開，琥珀色的眼睛對上我。那一剎那，裡面閃現過驚愕、為難、不捨和……和愛戀！是的，我確定這是愛戀。

阿姊以前說到姊夫，就是這個眼神。

這會是我自保的機會嗎？

「本宮不明白傅統領的意思。本宮剛才已經說過了，我沒有病，不需要吃藥。」我離他很近，可以聞見他身上淡淡的鳶尾草香氣，我想他也一定聞得到我身上玫瑰的芬芳。我突然間壓低了嗓音，看著他的眼神半是求救、半是蠱惑。「浩明。」

我喊了他浩明，這是我第一次喊他浩明。即使在觀音廟的那晚，我也只不過是叫他傅公子罷了。他的眼神慌亂，他的唇微微的顫抖，我只見到他的瞳孔慢慢地收縮，不可置信地望向我，可眼神裡慢慢又浮現出一絲的驚喜。

可是那種驚喜轉眼即逝，他迅速地將頭轉了過去，雖然從他微顫的聲音裡還是聽得出剛才的情緒波動。

「娘娘，請不要為難微臣。」

我心中的怒火騰的一聲湧上臉頰，像醉酒一樣的紅。「為難？」我步步緊逼。「本宮如何為難你了？難不成我不喝，你還要強灌我喝下去？」

他「咚」的一聲跪在我的面前。「皇后娘娘，您不要逼微臣。」他頓了頓，半天不開口。

我看著他蒼白的臉色，終於明白了這一定是上官裴的意思，看來今天無論如何是要我將這湯藥喝下去了。

「哈哈……」我竟然笑了出來，笑得如此開懷，連淚水都笑了出來。

許姑姑在一旁一邊抹著眼淚，一邊顫顫地叫了我一聲「嘉兒」。姑姑自從我進宮後就沒有再叫過我嘉兒，我想她現在是真的被我嚇到了吧。

「如果皇上一定要讓我喝，你就讓他自己來灌我！」我咬緊牙關，人簌簌發抖，可這句話卻被我說得如金石般擲地有聲。

他抬頭看我，我驚奇地發現他的眼眶居然紅了。是心痛我嗎？還是擔心自己交不了差？

「娘娘……」他還是跪在我跟前，聲音顫抖得讓人聽不出個究竟。

「啪」一聲，我用力一掌拍在梳妝檯上，手指關節隱隱發白。「今天除了上官裴，誰要是敢用強逼我喝，我就血濺當場！你們要是不怕兩個月內第二個司徒家的皇后死在這昭陽殿裡，你們就試試看吧！」我終於將這句狠話說出了口。我原以為這句殺手鐧我會留在最危急的關頭才用，沒想到這麼快我已經被人推到了懸崖邊。我直呼了皇上的名諱，是大不敬。可是他欺人太甚，我也顧不了那麼多了。

他緩緩地抬起頭，目光停留在我的身上，似有戀戀不捨，但最終只是吐出一句。「微臣告退。」他揮手讓醫官和宮女退下，自己也站起身來退出昭陽殿。在他跨步出門的當口，他又回過身來，望了我一眼。我看見他的左手緊緊攥著自己腰間懸掛的佩劍劍柄，一副欲言又止的模樣。

「娘娘，您……保重！」話音剛落，他人已走了出去。

我望著他轉身離開昭陽殿的背影，突然想起了在阿姊離開我的那個晚上，這個身影曾經將我緊緊地擁在懷中。我曾經想過，在那樣寬廣的胸膛裡，什麼風雨我都不需要再害怕。他柔軟的雙唇曾經如此溫暖而又霸道地與我的雙唇交纏。在我初入宮第一次見他的時候，我曾經以為他會是在這深宮禁苑裡我唯一可以依賴的人，我那時還是如此的驚喜。可是現在我才明白，我錯了，而且錯得很離譜。

在這個後宮中，我只有我自己！

許姑姑還沒有從剛才發生的事中回過神來。「小姐啊，皇上為什麼硬是要讓妳喝這湯藥啊？他難道不希望自己的嫡皇長子早日出生嗎？」許姑姑的聲音沙啞，顯然剛才的驚嚇不小。

嫡皇長子！我想上官裴最討厭的字眼莫過於這個了。想到這裡，我冷冷地笑了出來。

「許姑姑，妳馬上出宮回家去一趟，把剛才妳看到的都給老爺和大少爺好好說一遍。」如果上官裴連我跟我們將來的孩子都不放過，那司徒家的每個人看來都在劫難逃。我將許姑姑拉到一邊，在她的耳邊小聲吩咐道：「妳跟我爹爹講，如果我今天要是有什麼不測的話……」

我的眼睛瞇起，看向梳妝檯上的那根玉簪，過了好久，才慢慢地將這一句話一字一頓地說出口。「妳就讓爹爹叫二哥哥……」我停了下來，整個大殿內除了我跟許姑姑，再沒有第三人，安靜得讓人有些害怕。我在心裡反覆掂量著自己即將說出口的這句話的分量。

我的聲音低得幾乎聽不見，若不是我的嘴緊緊地貼著許姑姑的耳朵，許姑姑恐怕只能看見我的嘴在動，卻聽不見我到底說些什麼吧。

「妳就讓爹爹叫二哥哥……」我又看了看四周。「起兵吧！」

與其人為刀俎，我為魚肉，任人宰割，那還不如跟他拚個魚死網破。

二哥在阿姊的葬禮和我的大婚後，已經回到了駐紮著的軍事重鎮漠城。漠城與北朝邊界接壤，離上京大約十天的路程，而鎮關大將軍麾下有著百萬精兵強將，個個誓死效忠的不是上官裴，是與他們一起出生入死、衝鋒陷陣的司徒玨。

上官裴，如果今天你逼我走上絕路，那這個江山你也就不要想了！我恨恨地想著。

許姑姑瞪大了眼睛看向我，我一臉決絕的慘然表情，抬手輕輕抹去許姑姑臉上的淚水。「姑姑，妳記住我跟妳說的話。妳快走吧。」我將她送到昭陽殿的門口。

「小姐……」許姑姑畢竟是一個婦道人家，在生離死別面前總是尤為脆弱。

「等一下。」我突然折回梳妝檯，毅然地將那根玉簪狠狠地往地上一砸。玉簪應聲碎成兩截，碎片四濺。我將這玉簪包在一塊絹帕中，交給許姑姑。「給我爹爹看，他老人家會明白我的意思的。」

許姑姑匆匆地走了，整個昭陽殿就只有我一個人，我靜靜地坐下，對著鏡子慢慢梳起了我的長髮。我挑了一朵大紅的珠花插在鬢上，又拿起胭脂在臉頰上搽了搽。鏡中的女子年輕美麗，可眼神卻是冰冷。

父親會懂我的意思的。哥哥們也會懂我的意思的。

寧為玉碎，不為瓦全。

第九章　暗塵侵，上有乘鸞女

雖然已是清早，但是天色還是一如傍晚的黯淡。昨晚的淅瀝小雨逐漸有了狂風暴雨的架勢。雨絲藉著風勢斜斜地捲進殿內，高高的門檻竟也擋不住風雨的攻勢，門邊的地上一會兒的時間已經濕了一大片。果然是「山雨欲來風滿樓」，應景地讓我有些啼笑皆非。

殿中一個人影也沒有，宮女內侍們都不知去向。樹還沒倒，猢猻就散了嗎？

殿內沒有燭火的照明，稍遠處的一切都是朦朦朧朧的看不真切，唯有我孤獨的身影置身在空曠的大殿內，顯出一絲淒涼的意味來。

剛才因為緊張，一直背脊僵硬地坐在梳妝檯前而不自知，直到現在微微的痠疼才緩緩蔓延至全身。我抬手輕輕地揉了揉後頸，突然，指尖觸及到一些仍然微微凸起的吻痕，恍如隔世。

「娘娘！」洛兒急匆匆地跑了進來，上氣不接下氣。「小德子傳話回來，說是皇上退朝了，徑直向昭陽殿來了！」

該來的，終究要來。

上官裴一身明黃的朝服，即使在薄薄的雨霧中也格外的顯眼，隔老遠我一眼就認出他。他大步流星，走得很快，身後擎華蓋的內侍們腳步略顯艱難地想要跟上。

看見他走近，我便慢慢跪倒在大殿正中。這不是平常的屈膝行禮，而是雙膝觸地的跪拜大禮。我特意沒有讓洛兒去拿跪墊，冰冷的地面硌得我膝蓋生生的疼。我是皇后，這樣的大禮，除了祭祀大典上跪上蒼、拜祖宗，平日裡是根本用不上的。

剛跪下，上官裴已經來到了大殿門口。他在門口停頓的當口，內侍們已經遞上了乾淨的毛巾，替他小心翼翼地掖乾朝服上的水珠。他不耐煩地甩了下袍袖，徑直跨進了大殿，抬眼間就看到了一臉肅穆的我。

「臣妾恭迎聖駕。」我的聲音冰冷，跟膝下的青磚地面不相上下。

我料想他也從來沒有見過司徒家的皇后這番腔勢，一時不明就裡。

「皇后，為何要行如此大禮？」他上前幾步，在我面前伸出了手。「起來說話吧。」

「臣妾不敢。今早皇上讓傳統領來給臣妾送湯藥，臣妾雖不明白自己所犯何事，但是要讓皇上動怒到不許臣妾懷上子嗣，臣妾必定是在不自知的情況下觸怒了龍顏，還望聖上明示，臣妾甘願領罪。」我眼中蓄著的淚水像是隨時會決堤一樣，心裡深知女人淚盈於睫的時候是最楚楚動人的。

「什麼?!」上官裴的聲音一下子提高，甚至因為驚愕而有一些微微顫抖的尾音。他是一個在後宮中長大的孩子，給一個侍過寢的嬪妃送湯藥包含著什麼樣的深意，他比任何一個人都清楚。

我聽得出他語氣的陡然變化，不由得抬起頭來看他。他的臉上混合著驚訝、質疑和不可置信。他伸向我的手慢慢垂下，眼睛不由自主地微微眯起，定格在空氣中某處，眉頭也擰成了川字，一副若有所思的模樣。

我目不轉睛地觀察著他的神情，心中不禁產生疑惑。如果他不是一個工於心計的好戲子、狠角色，那他看上去好像確實並不知情。

他難道不知情？他會不知情？他怎麼可能不知情？

心裡千百個念頭一時間轉過，我竟然莫名地喜憂參半起來。如果上官裴不知情，那麼誰會有那麼大的膽子，冒著掉腦袋的危險，假傳聖旨來謀害皇后呢？

想到這裡，我輕輕地叫了他一聲。「皇上。」

他這才意識到我仍然跪在他跟前，連忙彎腰上前將我攙扶起來。一向嬌生慣養的我，哪裡跪過如此之久？膝蓋已經不聽使喚地簌簌發抖。他注意到我的不適，體貼地扶著我，讓我慢慢坐下。內侍早已搬了個圓凳，他在我身邊坐定，而我的手仍然被他牽在掌中。我感覺到他的手略微有些出汗。是緊張嗎？我暗忖。

上官裴回過神來。「浩明，這究竟是怎麼回事？」他的聲音低沈卻不失威嚴，雙目精光爍爍，看向傅浩明。

我轉過頭去觀察著上官裴，他的側面仍是第一次看煙花時我所記得的丰神俊朗，但是讓我吃驚的卻是從他眉眼神態間透露出的儀態。那就是眾人所說的王者風範嗎？

「臣罪該萬死，甘願領罪！」傅浩明應聲跪地。

「你！」上官裴氣急，竟有些咬牙切齒。「假傳聖旨可是死罪，你知不知道？」

「臣甘願受死！」傅浩明還是咬定這句話，然後就是沈默。

看他一臉的視死如歸，我心下明白要從傅浩明口中挖出誰是幕後指使，恐怕困難重重。而憑著上官裘與傅浩明的至親情誼，要他審出個所以然來替我作主，也未必可能。然則這個幕後黑手竟然膽大妄為到不惜假傳聖旨來謀害我，還手段了得地控制宮廷侍衛來替他執行計劃，那我此次若不查個水落石出、殺一儆百，今後怎能在後宮立足？

主意已定，我轉向上官裘。「皇上，臣妾斗膽提議，還望皇上恩准。」我說著就要再次盈盈欠身。

上官裘趕忙制止我，語氣溫和。「皇后請講。」

「假傳聖旨妄圖謀害皇室血統，此事非同小可。臣妾乃六宮之主，又差點慘遭不幸，還望皇上恩准，讓臣妾親自來審，以整乾坤，以肅綱紀。」我說得義正辭嚴，語氣雖謙和但堅定得不容斡旋。我心裡盤算著，如若上官裘拒絕，那這個嫌疑干係他還是逃不掉。為了表明自己與此事無關，他唯有置身事外，才是上策。

果然，遲疑片刻，他點頭應允。

我微微一笑，轉過頭去看向傅浩明。「傅統領，本宮知道你一定是有難處或遭人脅迫，才不得已犯下這等死罪。如果你供出幕後指使，本宮一定求皇上，力保你不死。」我笑容可掬，神態溫柔地誘哄。

傅浩明抬頭看我的眼神有一絲恍惚，那剎那的恍惚過後，他的表情只是木然。目光回到了地面，眼波如水般的平靜，仍然是那句話。「罪臣甘願受死。」毫無牽掛的決絕。

我的心頭一緊。傅公子，究竟是誰讓你如此的義無反顧？

「好！」我冷笑，輕輕地「哼」一聲。「傅統領既然不惜一死也要維護這個幕後指使，本宮就更加有興趣要把這個神通廣大的人找出來，好好看看他的通天本事了！」

「龐總管，宣太醫府府判來昭陽殿。」我收起臉上的甜美笑容，高聲對著龐京吩咐下去。我決定從今早跟在傅浩明身後的醫官和宮女下手，我就不信他們個個都能如此效忠，無懼死亡。

「洛兒，宣天眷司的執事姑姑廖姑姑來昭陽殿覲見。」天眷司是主管後宮嬪妃行為，功過賞罰的司署。換句話說，天眷司是歷代皇后們名正言順給後宮嬪妃做規矩的工具。所以每任的執事姑姑都是皇后精挑細選的貼心自己人。現任的這個廖姑姑就是我表姑母孝雲太后當年的陪嫁婢女，與我司徒家的關係當然非比尋常。

上官裴只是在一旁冷眼瞧著我的行事調度，緊抿著雙唇一言不發。我眼角掃到他的神情冷峻，心裡不禁一陣冷笑。

你是在擔心後宮裡的某個誰嗎？

一盞茶的工夫後，龐京帶著一個瘦高的白鬚老者回來覆命。「稟陛下和娘娘，太醫府府判鄭太醫到。」

白鬚老者聽到自己的名字被報出，在我與上官裴面前跪下叩拜。

「鄭太醫，平身吧。」上官裴的聲音波瀾不驚。

「鄭太醫，今早送至昭陽殿的那碗湯藥，是誰開的方子？是誰抓的藥？是誰熬煮的？是誰送過來的？」任何線索我都不會放過。

顯然龐京已經在路上給鄭太醫說了個事情大概，他對我的問題一點都不顯得驚訝。「回娘娘的話，今早太醫府只煎過一帖方子，是給溯陽殿的元美人調理身子的補藥，是微臣親自煎製的。而送到昭陽殿的那湯藥，絕對不是從太醫府出來的。」

我挑起眉毛，斜眼仔細打量著鄭太醫，他恭敬地回望向我，但面無懼色，眼神清澈。我以前就聽說過這個鄭太醫外號「鄭鐵骨」，今日一見，果然名不虛傳。

鄭太醫不緊不忙地解釋道：「熬這湯藥其實並不複雜，其主要材料便是麝香和龍涎香。只要能夠取得藥材，稍懂醫理的人都可以熬製。但這兩種藥材都因極其稀有而異常昂貴，據微臣所知，除了太醫府，京城裡只有老字號大小百康軒才齊備這兩種藥材。」

「你確定是這兩種藥材？」我追問。

只見他捋著白鬚，微微點頭。「回娘娘的話，微臣確定今早送來的湯藥中絕對有麝香和龍涎香。小臣跟藥材打了幾十年的交道，這個鼻子還是管用的。這兩種藥材香味濃郁，香氣持久，用繞樑三日形容也絕不為過。」

「本宮等的就是你這句話！」我的臉上綻放出笑容，看見傅浩明惶恐地抬起頭看著我，我的笑意更深。

「廖姑姑！」我喚出在一邊已經靜候多時的廖姑姑，多年不見，廖姑姑還是一如往日的精明幹練。

「奴婢在！」廖姑姑聲音洪亮地回答，眼中竟然閃現出一絲興奮。看來天眷司已經人久沒有行使權力了，我看見了廖姑姑的急切，好像野獸準備撲向待殺的獵物。她對於司徒家皇后的忠誠，我也從不質疑。

既然這碗湯藥到達昭陽殿時還冒著熱氣，那必定是在後宮某個殿中熬製的。「妳帶著鄭太醫去後宮每個殿廳，仔仔細細、認認真真地聞。要是哪個殿裡有麝香和龍涎香的味道，妳就將那個殿上上下下所有人給我一起帶到昭陽殿來。」我滿臉的笑，神情柔和。「本宮讓妳將這個一起帶去。」我從寬大的袍袖中遞出一塊金燦燦的權杖。

這時我聽見身邊的上官裴也情不自禁地發出一聲輕呼。是的，甚至連他也不曾見過，這塊只屬於司徒家皇后的傳家之寶。

春風拂面的美，傾國傾城的笑。

不錯，我手中的這塊黃金權杖正是始祖皇帝上官達御筆親書賜予司徒家皇后的「鳳凰令」。權杖的正面是一條引頸高飛的鳳凰，反面則是兩個遒勁有力的「至尊」大字。這塊被傳說得神乎其神的「鳳舞九天」權杖，象徵著司徒家的皇后在後宮中至高無上的地位。也就是說，我如何管治後宮，連皇上也未必能插得上手。

「廖姑姑，要是有人不肯來昭陽殿或是膽敢反抗，妳就奉本宮的命……」我頓了頓，接過洛兒奉上的蔘茶，少少地抿了一口，然後語氣輕鬆得彷彿如同交代過節貼春聯般再簡單不過的事一般，說道：「先斬後奏吧！」

「李副統領。」我看向一個敦實的中年侍衛。「你親領一隊大內侍衛，隨廖姑姑和鄭太醫同去。剛才我交代的事，你聽明白沒有？」我從這個中年漢子的眼中看出了取傅浩明而代之的渴望。

「微臣領旨！」

我緩緩地站起身子，踱到門邊，遠遠地觀望著他們一大隊人馬漸行漸遠。突然感到身上暖暖的，才驚覺自己不偏不倚正站在一束陽光中。

不知不覺中，雨已經停了，空氣中瀰漫著濕漉漉的水氣。天空雖然仍舊是濛濛的灰色，但太陽終於穿破了烏雲的阻截，放出半邊晴來。

而我正站在這光芒的中心，耀眼得如同一隻浴火的鳳凰。

第十章　無端卻被秋風誤

上官裴站起身來走向仍然跪在一邊的傅浩明，只見他蹲下身去直視著他表兄的臉，雖然刻意壓低了嗓音，但站在不遠處的我還是能聽得清楚他話音中的痛心疾首。

「浩明哥，你怎麼會如此糊塗？」

是的，確實糊塗。在上官裴羽翼未豐、根基未穩之時，選擇對我下手，實在是錯走一步，滿盤皆輸的昏招啊！

我轉頭看向他們兄弟倆，上官裴仍然半蹲在傅浩明面前，因為背對著我，只看得見他濃密的烏髮高束在頭頂。傅浩明抬頭看向上官裴的當口，眼光卻越過上官裴的肩，停留在我的臉上。我朝他點頭微微一笑，客氣得如同多年未見的老友寒暄一般。

只見他目光一緊，惶恐中馬上又低下頭去，還是那句讓我心頭盛怒的「罪臣甘願受死」。雖然是說給上官裴聽的，我想他也是在求我的饒恕吧？

果然，上官裴也不願意聽到他這句廢話，「唰」的一聲，他猛然甩了衣袖站了起來，忿忿地坐回座位。

「皇上，您還沒有用過早膳吧？不如和臣妾一起在昭陽殿吃點東西。皇上龍體貴重，總不能餓著。」我走到上官裴身邊，探下身去輕輕建議道。

「朕沒有胃口，皇后自己用吧。」他微微蹙眉，一副心事重重的模樣。心情不佳，確實影響胃口，我在心裡輕笑。而我現在卻胃口奇佳，慢慢地享用著香米小粥和八樣清淡小菜。

我的篤定是有原因的，我一點都不懷疑廖姑姑一定能找到真凶。這後宮禁苑，看似金碧輝煌，其實也只不過是個金子打造的鳥籠罷了。要找出這個人，只不過是時間上的問題，因為他已插翅難飛。

用膳完畢，我正在漱口，就看見廖姑姑一臉得意地跨進大殿，鄭太醫還是一副不緊不慢的樣子跟在她身後。看見他們走進，上官裵不由自主地想要站起身來，猶豫了一下，還是沒有動。我沒有放過這個細節，臉上笑意更深。這個時候，他能做的確實只有靜觀其變。

「查得怎麼樣了？」我用帕子輕輕地抹了抹嘴，揮手讓宮女將飯菜撤下。

「回娘娘的話，查出來了！」廖姑姑的志得意滿簡直要從眉眼間漫溢出來一般。「溯陽殿的元美人及宮女內侍共四十八人全部帶到，在昭陽殿外候旨。」

元美人？我微微蹙眉，我沒有想到會是她。她看上去不過是個色厲內荏的貨色，應該不會有這個膽子。難道是我低估了她？

我回過頭去看向上官裵，他也一臉懷疑地回望著我。顯然我們兩個的想法不謀而合，都不認為元美人有這個膽色幹出這件事來。

上官裵的臉上除了少許的震驚，我竟然還看到了另外一種情緒。他的眉結略微舒展開來，人也挺直了不少，好像是鬆了口氣的樣子。難道他剛才心裡猜測的那個幕後指使，是他更不願面對和無法處置的？

我的眼光再次瞄向傅浩明，他的頭垂得更低，我根本看不見他的面部表情。我的疑惑一個接著一個地冒了出來，他怎麼會聽命於元美人？真的是英雄難過美人關嗎？

「廖姑姑，妳先說個大概究竟吧。」我回過神來，吩咐道。

「奴婢跟鄭太醫還未踏進溯陽殿呢，就聞見了麝香和龍涎香的味道，後來又在溯陽殿的小膳房裡找到了這個。」廖姑姑讓身後的宮女端出一個藥罐，走到我面前。還未走近，我就聞到了那個熟悉的味道。我趕忙擺手示意知道了，讓她不要再靠近。我對剛才那碗湯藥仍然心存餘悸，這個味道我想我會銘記終生的。

「鄭太醫，你怎麼看？」我還是要讓權威作出定論，這才能讓所有人都心服口服。

「回娘娘的話，微臣已經仔細檢查過了，罐中的確實是那種湯藥。」

後宮裡對這種湯藥諱莫如深，誰都不願提及它的正名。

「辦得好！」我高聲讚道。「廖姑姑，將元美人和她貼身的一等宮女全部帶進來。」

元美人一身粉紅的裙服，如初初綻放的新荷一樣亭亭玉立。她的身後跟著溯陽殿的一等宮女總共八個人。看見上官裴和我，齊齊跪下請安。元美人的神色看來還算平靜，彷彿沒有明白她所面臨的指控的嚴重性。

是臨危不懼還是無知者無畏？我捉摸著她的表情，心中的天平傾向於後者。

「元美人，今天早上傳統領假傳聖旨，給本宮送了湯藥，妄想加害本宮。現在廖姑姑又在妳殿中的小膳房裡發現了熬製那種湯藥的藥罐，妳作何解釋啊？」我沒有讓她平身，跪著回話可能更加容易讓她說真話吧。

元美人乍聽此話，猛地轉頭瞪向傅浩明。傅浩明的頭垂得更低，除了露出光潔的前額，根本看不出個所以然來。元美人又慢慢抬頭看向坐在我身旁的上官裴，上官裴雙目緊閉，只是不開口，老僧入定一般。

「皇上已經將處理此事的權力全權交給本宮了，妳還是快點老實回話吧。」我打消了她在上官裴那裡尋求靠山的想法。「妳身子剛好，本宮不到萬不得已，也不想對妳用刑。」

後面一句果然有用，元美人戰戰兢兢地回話道：「這……這藥是臣妾自己要服的。」她人抖得厲害，震得髮髻上那枚珠花亂顫。

「妳自己要服？」我提高了聲音。看來有些人真的是中看不中用的繡花枕頭，笨得連個像樣點的藉口都不會想。

「廖姑姑，元美人上一次侍寢是什麼時候？」天眷司對後宮中所有嬪妃宮女被臨幸都有嚴格的記錄，以保皇室血統的純正。

「回娘娘的話，自從元美人上次小產後，就沒有再侍寢過。」

「既然妳沒有侍寢，為什麼要服這湯藥？」我的語氣凌厲起來。「難不成……」雖然我沒有將「淫亂宮闈」這四個字說出口，但是我料想元美人還沒有蠢到不明白我話中意思的地步。

「臣妾沒有！」

她聲嘶力竭起來，這是自然的，因為淫亂宮闈是死罪。

「看來不用刑，妳是不會知道厲害了。」我語氣冰冷得與這炎夏的天氣成了明顯對比。「廖姑姑，妳幫元美人好好想想。」

看見廖姑姑從一個大箱子裡取出一副纖小的竹籤，連我也不禁覺得有絲寒毛豎起的感覺。俗話說「十指連心」，這些竹籤將被一根根釘進她的指甲內，這所帶來的痛楚可想而知。而廖姑姑從她的「百寶箱」裡先取出來的，必定是刑具裡最輕的一套。那大箱子裡還藏著什麼讓人生不如死的玩意兒，我永遠都不想知道。

元美人看見那竹籤，臉色頓時慘白得如同聊齋中描寫的女鬼，連皮膚下細小的血脈都凸了出來。她突然以膝蓋為腳，移步上前，一下子抱住我的小腿，撲倒在地上。「娘娘，如若我肯說出實情，還望娘娘放我一條生路！」淚珠如斷了線的珠子，不一會兒就打濕了我的裙邊。

我彎腰輕輕地扶起她。「來人啊，給元美人賜座。」放她一條生路這樣的保證，我不會輕易給她。

她怯怯地坐在凳子邊，不斷地用帕子擦著淚珠，聲音哽咽。「這湯藥的材料是早上被一個宮女送來的，說是慈陽殿小膳房的爐灶壞了，讓溯陽殿幫著煮一下湯藥。臣妾是剛才聽了廖姑姑的話，才明白這是要害娘娘的藥呀！臣妾什麼都不知道，望娘娘明鑑！」說完，她又跪了下去，只是一個勁兒地流淚，嗚嗚聲讓人動容。

「妳胡說！」久不開口的傅浩明突然怒吼起來，人也掙扎著站起來，要不是四個侍衛狠命地按住他，眼看他就要衝過來。

慈陽殿？怎麼可能？

慈陽殿是歷代太后的寢宮，自從表姑母孝雲太后搬去行宮以後，慈陽殿應該是閒置著的才對。誰現在住在慈陽殿裡？

還不等我開口問話，廖姑姑已經將答案在我耳邊告知——

「皇上的生母莫太妃前幾日搬進了慈陽殿。」

這的確讓我有些出乎意料，上官裴竟然漠視祖制，允許他生母搬入慈陽殿，看來他這個孝子不是浪得虛名。

我回頭看向上官裴，他雖然還是像剛才一般事不關己的模樣，但我仍然看見了他情緒上的一絲變化。他放在大腿上的左手，慢慢捏成了一隻拳頭，只是緊緊地攥著朝服，使得朝服上那條金龍扭曲變形而顯出猙獰的樣子來。

原來是她？那個因為被先帝臨幸過一次而被表姑母視為眼中釘，在景秋宮陳姑姑的淫威下忍辱負重將上官裴撫養成人的莫夫人？原來是她！

傅浩明還在那裡死命地掙扎著，多加了兩個侍衛才勉強壓制住他。是她了，能讓傅浩明不惜以死效忠的人除了上官裴，只有他的姨母莫夫人了。而莫夫人對於司徒家族皇后的痛恨，確實已經不是秘密。讓一個司徒家的皇后懷上她兒子的子嗣，她恐怕是寧死也不願見到的。

這出人意料的變化，倒一下子讓我陷入兩難境地。要是我痛下殺手，那我與上官裴就徹底決裂了。可是我要是放過她，那她必然會更加肆無忌憚，而我在後宮將面臨如何險惡的未來……我不敢想像。

我，該怎麼辦？

大殿內除了元美人的嗚咽聲，沒有一個人說話，連傅浩明都放棄了掙扎，只是癱坐在地上，怔怔地望著我。我看向上官裴，他的眉頭深鎖，彷彿壓著千斤般的重擔一樣，讓人忍不住想伸手去幫他撫平。他的眼睛仍然閉著，但我知道他現在的心情絕對不是置身事外的輕鬆，反而是驚濤駭浪的矛盾。他一定在恨他母親的愚蠢，將他逼上這個絕境，但那是他的母親，他又如何真正能恨得起來呢？

說時遲，那時快，我一個巴掌摑上了匍匐在我身側的元美人的臉蛋，清晰的五指紅印在她嬌美的臉上馬上根根浮起。元美人被我打了個措手不及，只是喃喃地叫了聲「娘娘……」便一下子「嗚嗚」哭將開去。

我因為剛才那一掌的用力，聲音也有些微微顫抖。「大膽賤人！想著法子謀害本宮不說，還敢陷害莫太妃，妄圖挑撥我與皇上生母之間的關係？實在是居心叵測，陰險狡詐，是可忍，孰不可忍！」

上官裴的眼睛終於睜了開來，目不轉睛地看著我，臉上的驚愕一掃而過，然後又恢復了先前的沈默不語。我想他也沒有料到這樣的風雲突變吧？

「來人啊，還不把這個妖婦給拖下去，任由著她在這裡信口雌黃嗎？」

幾個侍衛匆匆上來，就要將元美人往殿外拖。

元美人終於明白了情形對自己是多麼的不利，對著上官裘大叫起來。「皇上、皇上！臣妾什麼也沒有做，臣妾是冤枉的呀！皇上，您救臣妾呀！皇上——」

她如此柔弱，怎禁得起五大三粗的侍衛死命向外拖？哭喊聲、求救聲，不一會兒便越來越微弱，直到聽不見為止。

上官裘的目光一直緊緊地跟隨著元美人被拖出去的身影，他是心痛她的吧？特別是他知道她是無辜的。我暗暗想到。但是他母親對他來說顯然更為重要，所以，他明知我藉此機會除掉了他的愛妃，但是他為了保全他母親，也只有犧牲元美人了。不光是這樣，他還會對我心生感激之情，因為他母親本來難逃一死。

「皇上，臣妾有兩個不情之請。」我款款在上官裘面前欠身下去，心裡打算著要好好利用一下他的感激。

「皇后快快請起，朕能答應的一定答應。」

果然，他馬上親自將我扶了起來。

「經過今天此事，臣妾深為驚恐。沒有想到竟然有人膽大妄為，敢假傳聖旨要傷害臣妾。今天可能是送湯藥，明日說不定就是送毒藥了。」說到這兒，我的淚水奪眶而出。「臣妾希望皇上恩准，如若今後要是有任何對臣妾不利的所謂聖諭，要是沒有皇上的御筆親書，臣妾就一律當作是假傳聖旨處置，傳旨人就地正法！」我這麼做，為的就是如果他今後真的要是動了除掉我的心，也不得不留下手寫的證據，讓司徒家可以作為舉兵討伐他的證據，而其他人也不敢借著聖旨的名義跑來昭陽殿張牙舞爪。

他看著我梨花帶雨，一臉無助，點頭答允了。「好，就依皇后的意思吧。皇后第二個請求呢？」

「傅浩明身為大內侍衛統領，竟然勾結後宮嬪妃謀害皇后，本宮獨處昭陽殿，實在是很不安心，還望皇上恩准，讓臣妾親自從京城御林軍中挑出精幹士兵三十名，擔當起保衛昭陽殿的職責，否則臣妾真的要天天食不知味、睡不安寢了。」御林軍統帥戚宇渲是我父親的門生，是我二哥的至交，也是我的表姊夫，跟我們司徒家是至親不過的人。這才是我需要在昭陽殿保護我的人，讓我信任的人。所謂明槍易躲，暗箭難防，我不得不格外小心。

大內侍衛統領犯事已是事實，上官裴也無話可說。雖然將御林軍調至後宮內當值，與規矩不合，但是我既然饒了他母親的死罪，我這點請求他總是要答應我的。

「皇后想怎麼辦，就怎麼辦吧。」他的口氣有一絲無奈。

我笑了笑，謝過他，轉向大殿內所有人。「本宮就事論事，從不殃及無辜。溯陽殿的人與此事無干，全回去吧。今後還是要好好地效忠皇上，做好自己分內的事。」

一班宮女都長吁了一口氣，跪在地上熱淚盈眶地高呼。「謝皇后，皇后千歲千歲千千歲！」

「李副統領，從今兒個起，你就升為大內侍衛統領吧。皇上您看如何？」我雖聽上去是徵求上官裴的意見，但其實我這樣堅定的口氣，也容不得上官裴的反對。果不出所料，他只是「嗯」了一聲，不再說話。李副統領早已跪拜下去，大聲謝恩，我知道他其實真正感激的人並不是皇上，而是我這個皇后。「賞你手下的侍衛，每個人白銀五十兩。」

「賞廖姑姑和鄭太醫黃金各一百兩。」雖然他們兩個一個已是心腹，一個不能被收買，但是我這是做給其他人看的——為我做事的人，我是不會虧待他們的。

有賞必然有罰。「來人呀，將傅浩明送到刑部去，聽候刑部處決。」無論刑部判他生死，都已經與我無關了。而我知道憑著他與上官裴的關係，刑部一定會想方設法讓他活下去的。

傅公子，我這樣做，也算放你一條生路，對得起我們觀音廟的那一晚了。

他被人拖出去的時候，回頭深深地凝望了我一眼。那琥珀色的眼眸是那樣的熟悉，我的耳邊竟然又迴響起那晚他對我說的話——

「捨得捨得，有捨有得。」

是的，我為了得到，現在唯有捨棄。

而傅公子，你是不是很感嘆自己當時不幸一語成讖？

我心裡不禁生出一些悲涼來，從今一別，恐怕永無再見之日。可是我們道不同，再見又能如何？

「娘娘，那元美人該如何處置？」廖姑姑小心翼翼地問我。

我回頭瞄了上官裴一眼，他看了我一下便別過頭去。我心裡冷笑：原來你也已經清楚她的命運了。

「本宮以慈悲為懷，留她一個全屍，賜她白綾三尺吧。」我輕輕地吐出這句話。在後宮中少掉一個對手，總是一件好事。

廖姑姑一驚，不敢置信地看了我一眼，又抬眼看了一下上官裴。上官裴文風不動，彷彿我剛才說什麼他都沒有聽見一樣。

我想他也明白「有捨有得」這個道理吧。

「奴婢遵旨。」

「皇后，妳今天也受驚了，早點休息吧，朕改日再來看妳。」我想他是急著要去慈陽殿跟莫夫人好好地談一談吧？至少要告誡他母親，在他這個皇位還沒有坐穩以前，最好不要再輕舉妄動。

這已經足夠了。正所謂殺一儆百。這一殺的是誰並不重要，關鍵的是要能夠儆百。

第十一章　痛拔寒灰冷

夏日的腳步匆匆，轉眼間已是初秋，我入宮也已經有三個月了。高高的宮牆仍然是鮮豔的火紅，將我與外面的世界隔成了兩條永不相交的平行線。自從湯藥事件以後，上官裴再也沒有到昭陽殿來過。我想他一定是與他母親達成了某種默契：莫夫人在短時間內不會再找我麻煩，而上官裴也不會再臨幸於我。不被皇上臨幸的皇后是永遠不會有皇子的，這也意味著這場沒有硝煙的戰爭才剛剛開始。

明天便是八月十五中秋節，按照慣例，皇上會在禧陽殿內召集所有近親宗室、朝廷重臣集聚一堂，君臣同樂，共度佳節。這也是我作為皇后以來第一次參加如此盛大的慶典，心裡不免有些緊張。但我心裡暗暗猜度，或許更讓我緊張的是再次看見上官裴吧。

我每天聽著廖姑姑來我這裡向我彙報說上官裴昨晚又夜宿在哪個嬪妃處，我只是面無表情地彷彿在聽鄰家瑣事一般，除了點頭說聲「知道了」，再沒有任何情緒變化。可是每到夜深人靜時，那張大大的臥榻總是讓我生出些許害怕來。那唯一一晚的點點滴滴像回憶一樣在眼前閃過，既真實又有些虛幻縹緲。

「妳要是不姓司徒那該多好。」

他的手指纖長有力，他的眉眼炯炯有神。那一晚我在夢中，而他在我身邊。

如果他永遠不再來昭陽殿，那我的一生就這樣在寂寞中結束了嗎？

這個念頭總是一下子侵襲著我，使我產生窒息的感覺。每一次我都必須大量地喝水，拚命地吸氣，讓自己鎮靜下來。我是在害怕嗎？害怕自己尚未綻放的青春歲月就如指縫間流走的細沙一樣慢慢逝去，而再無挽回的餘地嗎？或許內心深處，我更明白他的冷漠意味著我必須面對後宮中更為殘酷的爭鬥。

「許姑姑，陪我去御花園走走吧。我要去看看禧陽殿佈置得如何了。」我可以感覺到那讓我害怕的窒息感又一次有死灰復燃的苗頭，我不敢獨自待在昭陽殿中。

秋高氣爽的明媚總是讓人心情明亮不少，踩在鋪滿金黃落葉的小徑上，我的腦海被枯葉踏在腳下發出的清脆「嘎嘎」聲填充著，竟然莫名地生出些愉悅的感覺來。

憑欄站在廊橋上，眺望著遠處滿樹滿枝的金黃桂花，陣陣沁人心脾的芬芳圍繞著我。抬頭環顧著周圍掩映在紅瓦綠樹間的宮房殿宇和身後跟隨著的畢恭畢敬的宮女內侍，我的心裡百感交集。這些我以終日的寂寞孤寥和一生的勾心鬥角為代價換來的輝煌榮耀，真的值得嗎？

而值不值得，我又有退路嗎？

轉過這個廊橋，前面豁然開朗，禧陽殿就靜靜地座落在御湖畔。夏日裡曾經盛放一時的芙蓉荷花已經凋零，早被清理乾淨。御湖被精緻的琉璃宮盞裝飾一新，到了晚上，琉璃宮盞中燭火明滅，襯映著天上的明月星辰，該是如何一番別樣的美麗呢？

突然，我的眼睛捕捉到禧陽殿旁明黃旌旗招展，大內侍衛林立，難道上官裴也在禧陽殿內？

我屏退了身後眾多的隨從，隻身帶了許姑姑和兩個御林軍侍衛前往。我心裡暗暗有絲慶幸，其實一直希望能夠在明晚的盛宴前與他先見上一面，大家至少可以有些默契，不用在眾臣面前顯露出帝后之間本不該有的陌生感覺。即使是帝王家，夫妻不和也不是一件能上檯面的事。

「娘娘。」所有侍衛紛紛跪下。

自從湯藥事件以後，我在後宮中威信頓生。

我揮了揮手，讓他們平身。剛要抬腳跨入大殿，忽然侍衛統領李大人匆匆上前，在我耳邊低語了一句——

「娘娘，皇上攜丁夫人在禧陽殿呢。」

「嗯」了一聲，我回望了他一眼，李統領馬上恭敬地低下了頭，不敢正眼看我。「許姑姑，沒有本宮的吩咐，所有人在外面候著，不許進來。」

我冷冷地交代了一句，抬腳跨進了大殿。大殿內已經被裝飾一新，簇新的宮燈，猩紅的地毯，泛著桃木暗紅色澤的桌几，閃著柔和絲綢光彩的靠墊，一切都預示著明晚在這裡將舉行一場熱鬧的盛宴。但是環顧四周，大殿內空無一人，到處不見上官裴和丁夫人的蹤影。

我一下子警惕起來，橫樑立柱之間投射下來的黑影，將沒有點燈的禧陽殿與室外的明媚秋色隔絕開來，形成陰森的另一個世界。我縮在袍袖中的手慢慢摸向密袋中暗藏的匕首，沿著牆角向內殿走去。

突然間，我聽到內殿傳來絮絮的對話聲。我微微貓著身子，貼著牆面摸索到內殿的隔簾後。

透過窗格望進去，一束陽光穿過大開的窗戶，照耀在一張貴妃榻上，丁夫人就斜臥在貴妃榻上，沐浴在溫暖的秋日中。上官裵蹲在她的身前，仰頭看著她，我雖不能看見他的臉，但不知為何，還是可以想像出他眉眼間流露出的，是幸福。

「為什麼我還是沒摸到呀？」

我驚訝上官裵的聲音竟然透露出一種孩子般的撒嬌。他的左手輕輕地安放在丁夫人的小腹上，下顎擱在她的膝蓋上，頭抬起，專注地看著她。微風吹過，我只看見他頸脖間細小的毛髮緩緩拂動，在陽光的照射下反射出淡金色的光澤。

「剛才寶寶確實踢了臣妾一下，不過現在大概他要休息了吧。」

丁夫人的聲音靜謐得連我聽了也生出安心的感覺來。她的右手輕輕地撫過上官裵的額頭，替他撩開飄在那裡的散髮。

「寶寶欺負娘親。」他竟然還是不甘心地不肯鬆手。「等你出來了，看爹怎麼收拾你。」他將臉湊近丁夫人的小腹，逗笑地說著。

聽到此話，丁夫人輕嘆了一口氣，低頭對著小腹像是自言自語道：「等你出來了，還不知有多少人想要收拾你呢。」她眉頭微蹙的樣子竟然頗有幾分病西施的媚態來。

「夫人！」上官裵喝止了她。「我絕對不會允許任何事發生在妳和我們的孩子身上的。」他緊緊握住了丁夫人的手。「采芝，妳不要擔心了。妳養好身子，替我養個白白胖胖的娃娃。如若神靈保佑，是個小皇子，我一定會讓他做太子，將來繼承大統的。」

他的聲音堅定不移，我的淚水卻差點奪眶而出。

「但是祖訓……」丁夫人還是不放心。

「噓。」上官裴用食指輕輕抵住了丁夫人的雙唇。「我說過一定會有法子的，無論有什麼困難，妳就安心吧。」

我悄悄地退出了大殿，安靜得彷彿從來不曾進入過一般。室外陽光燦爛，照在人身上暖洋洋的，可不知為何，我的心裡卻陰霾得如同三九的嚴寒。

「李統領，不用跟皇上說本宮來過了。」我相信他會遵照我的意思去辦的。李統領是個絕對的聰明人，而審時度勢是聰明人的強項。

用過晚膳，我示意讓宮女們全部退下，獨自待在昭陽殿的小書房內。耳邊反反覆覆回想著下午聽到的那段談話，看來我和上官裴之間終究是不能夠有轉機了。

正出神間，許姑姑在外面小聲地通報了一聲。「娘娘，三公子在殿外候著要求覲見。」

三哥？他不是去壅北查案子了嗎？怎麼回來了？「宣他進來。」我心裡一緊，眼皮忽然突突地跳。

三個多月不見，三哥明顯消瘦不少，臉頰上青青的鬍渣和略顯凹陷的臉頰都昭示著這一趟旅途的勞頓。但是三哥還是遺傳了司徒家一貫的好相貌，即使風塵僕僕，仍然難掩英氣逼人。

「三哥哥，你的手怎麼啦？」我突然驚覺他的左手綁著傷布。

三哥不急於回話，只是仔仔細細地檢查著書房的裡裡外外，各個角落，直到確信了沒有人偷聽，才挨在我身邊坐下，壓低了聲音回答我。

「回來的路上，我從黑子上摔了下來。」

黑子是我三哥騎了五年的西域寶馬，一直很聽話馴服，且三哥從小就是騎馬的好手，不遜於二哥，怎麼會從馬上摔下來呢？

三哥也看出了我的疑慮。「有人在黑子的馬腿上扎了暗器。這絕不是意外，而是有人要謀害我。」三哥警覺地看了看四周後，才繼續道：「我回來的時間、路線都極其保密，除了奏明皇上和父親，其他人都不應該知道。」

我的手不由自主地攥緊了面前的茶杯，滾燙的茶杯捏在手中為何還是驅不走徹骨的寒冷呢？是他！難道他已經動手了嗎？

「舅舅的案子查得如何？」我急切地問。

「這次決堤的口子是在最後一個工程階段建造的那段大壩。舅舅手下的一個帳房總管黃伯桑現在一下子沒了蹤影，所有的帳簿也都不翼而飛，而他正是那個工程階段負責進貨雇人的。現在他一沒影，這事看來就得要舅舅揹黑鍋了。」三哥語氣沈重。

「三哥，無論生死，一定要把這個黃伯桑找出來。活要見人，死要見屍！」我知道他和那些帳本是替舅舅洗脫罪名的唯一希望。

「我有可靠消息，說這個黃伯桑，他母親以前是在前任兵部尚書丁紹夫家當差的，是當今皇上的原配丁夫人的乳母，所以我懷疑……」三哥沒有再說下去。

可是我明白他的意思，壅北大壩決堤很可能是上官裴蓄意設置的陷阱，為了陷害我舅舅。

大壩決堤，百姓死傷過萬，為的就是剷除我們司徒家嗎？這個代價未免也太大了吧？

如果真如三哥所料，那上官裴，你也太心狠手辣了！

「如果是這樣的親密關係，那黃伯桑被殺人滅口的機會不大，就是說他還可能活著。」我儘量往好的地方想。

「已經晚了。」三哥的聲音沈重。「為了保全賀家和司徒家，舅舅今早已經……」三哥哽咽，說不下去。

「已經什麼了？」我急問，眼淚卻已經滾落，其實我心裡已經知道答案了。

「父親昨晚給舅舅飛鴿傳書，曉以利害。舅舅今早已經懸樑自盡，並上書皇上願意散盡家財充足國庫，安撫壅北城的死傷百姓。我想皇上應該暫時不會對賀家的其他人再作追究吧。」

我的舅舅，懸樑自盡！

我母親唯一的弟弟，那個長著滑稽的長鬍子，老是被我揪得喊救命的舅舅；那個偷偷帶我出去看花燈，將我放在肩膀上又笑又鬧的舅舅，懸樑自盡了！

「父親也沒有別的法子。唯有這樣，才可以保全大家。」

我實在無法想像舅舅在看到父親的傳書時究竟是怎樣的心情，他面對懸在樑上的那條白綾時，又是如何的心情？舅舅的長孫前些天才剛剛滿月呀！

「還有一件事。」三哥顯然對我的悲痛也感同身受，我們兄弟姊妹五人與舅舅的關係一向很好。「皇上藉著明晚的中秋盛宴，要召二哥回京。為了這事，已經足足發了七道聖旨讓二哥從漠城進京赴宴，要不是二哥推說打獵時摔傷了腿——」

「二哥絕對不能回來！」我脫口而出。只有二哥在漠城，我們一家人才能在上京平安生活。

「二哥怎麼會不明白這利害關係？」三哥皺眉，讓我將聲音放低。「但是這種藉口只能拖時間，卻不能解決長久問題。畢竟他是皇上，我們做臣子的，焉能不遵從他的命令？」

三哥突然湊近了我，近得我甚至可以聞到他身上淡淡的馬草味。「所以妳必須盡快生出一個皇子來，因為爹爹已經決定了，到了沒有退路的時候，我們就……」

他的聲音低得不能再低，我豎起了耳朵，也只聽到了一個大概。

三哥不再說話，只是抬手用食指沾了沾茶水，在桌子上寫下了四個字。

我瞪大了眼睛怔怔地望著這四個字，再抬頭看向三哥。三哥漆黑的眼眸在燭火的映照下放射出精光，用力地朝我點了點頭。

這四個字是——

取而代之！

第十二章　十分好月，不照人圓

露從今夜白，月是故鄉明。中秋佳節，是個舉家團圓的好日子。可是今年的中秋節，沒有母親親手釀的桂花酒，沒有阿姊特意替我做的小月餅，沒有哥哥們精心製作的走馬燈，沒有父親給我講的嫦娥奔月，更沒有全家人一起闔家賞月的良辰美景，有的只是這高樓宮牆包圍中、昭陽殿內無窮無盡的冷冷清清。

我安靜得像個瓷娃娃，一動不動地坐在鏡子前，任由著許姑姑將我的長髮盤成繁複華貴的眾星拱月式。眉如黛，眸似星，鏡中的女子美麗高貴，光潔的臉龐，烏黑的長髮，無不透露出青春的氣息。可是在這冰冷的宮殿中，我的青春正在慢慢凋零。

「小姐，妳這麼漂亮，哪個男人看了會不動心呀？今晚皇上瞧見了妳，嘿嘿……」許姑姑沒有接著說下去，只顧著自己在那裡傻笑。

他會嗎？我心裡不抱太大希望。可是有一個小小的聲音仍然不死心地在心底輕輕地問著：他會嗎？

洛兒跑進了大殿。「娘娘，太后駕到，正在外殿呢！」

太后？我的心裡騰的一下升起一股怒火。這個莫夫人真是膽大包天，以為自己住進了慈陽殿，就是名正言順的太后了？那我司徒家皇后的威嚴要往哪裡擱？有些事我可以睜一隻眼閉一隻眼當作不知道，但這件事後宮中千百雙眼睛都看著呢！莫夫人，太后？哼！笑話！

我「霍」地站起身來，冷冷地吩咐下去。「那就讓這個太后在外殿慢慢候著吧！」我轉向許姑姑道：「許姑姑，將今晚本宮要穿的衣服拿出來，用玫瑰香好好地薰一下。」我打小就喜歡玫瑰香，因為這是阿姊身上的香氣。

「玫瑰香確實好聞，司徒家的女孩子好像都喜歡這個味道。」溫潤的聲音由外殿傳入，我只是一怔，這個聲音怎會如此熟悉？

我猛然轉過頭去，一個高眺纖瘦的身影從外殿款款走進，淡紫的裙服，玄色的披風，娟秀的容顏，雍容的氣度，不是我的表姑姑孝雲太后，還會是誰？

「姑姑！」我快步迎上去，撲入她張開的雙臂。雖然平時我與表姑姑並不是十分的親近，但是在這寂寞的後宮深處，任何一個司徒家的人都會讓我倍生親切。姑姑的身上有著好聞的玫瑰香，讓我突然有了回家的感覺。

我突然反應過來，趕忙屈膝行禮。「兒臣參見太后。」她是姑姑，更是太后。我是司徒家的皇后，她是司徒家的太后，這一點不容動搖。

「嘉兒，起來吧。這裡沒有外人，不用拘泥於這些。」表姑姑將我扶了起來，牽著我的手走到一邊的坐榻上。兩人並肩坐下，太后的手還是沒有放開。「哀家從長陽殿回來的第一件事就是過來看妳。孩子，妳瘦了不少呀！」淚光在她的眼中閃爍。

「妳這些日子受的委屈，哀家都聽廖姑姑說了，真是難為妳了。這個賤人，竟敢變著法子謀害妳，當初哀家真應該……」

表姑姑的聲音恨恨的，抓住我的手突然緊了起來，我的手被捏得生疼。

「姑姑，沒事。兒臣還可以應付。」我的聲音怯怯的，在自己家人面前，委屈的情緒突然蔓延開來。

「姑姑，這次回宮，您老人家要住多久呀？」我不想在這個淒切的話題上深入太多。

「回宮也就待上十來天吧。人老了，還是長陽殿那邊更適合哀家這個老太婆生活。而且那裡離先帝也近，哀家也就沒什麼牽掛了。」表姑姑說起先帝，眼神裡流露出淡淡的恬靜，連我這個局外人都被感染到，讓我突然有哭的衝動。我心裡暗想，他們當時一定是深愛過的吧。

「馮姑姑，將哀家的行李都先搬回慈陽殿吧，哀家還要在昭陽殿再待上一會兒。」表姑姑吩咐下去。

「太后娘娘……」站在一旁的廖姑姑欲言又止，一副為難的樣子。「慈陽殿……這……」廖姑姑看著我尋求幫助。

我會意，也難怪廖姑姑為難，這確實是一件難以啟齒的事。「表姑姑，莫太妃前幾日搬進了慈陽殿。」我說話時也不願去看表姑姑的神情，看司徒家的皇后這樣被人欺負，我也生出些兔死狐悲的哀痛來。

「噢，是嗎？」

我驚訝於表姑姑的平靜，忍不住抬頭迎上她的目光，表姑姑黑白分明的雙眸中看不出一絲情緒的波動。

「馮姑姑，將哀家的行李送去慈陽殿，跟慈陽殿的執事姑姑交代，說哀家一個時辰後就過去，讓她將慈陽殿收拾好，把不乾淨的東西都整理出去。」

「奴婢遵旨。」馮姑姑畢恭畢敬地退出。

「廖姑姑，過會兒傳莫太妃侍駕慈陽殿。用了這麼多梳頭婢女，還是老的手藝最好啊！」

太后讓先帝的嬪妃伺候，也是無可厚非的事。我想過了這麼許多年，當年被自己婢女背叛的憤恨，表姑姑還是不能夠拋開吧。

我想勸表姑姑一句今時已經不同往日，她口中那個「賤人」的兒子如今已是當今聖上。但是望著表姑姑那堅定的神情，我卻什麼也說不出口。表姑姑已經什麼也沒有了，丈夫死了，兒子死了，兒媳也死了，如果這僅存的一點尊嚴我再不讓她保留，那她還剩下些什麼呢？

送走了表姑姑，我獨自站在亭廊上遠眺。秋日的寒意漸濃，我忍不住打了個寒顫。看著蕭瑟的秋色，我不禁為自己與司徒家前途未卜的將來而擔憂。表姑姑這樣羞辱莫夫人，上官裴會善罷甘休嗎？

華燈初上的禧陽殿，歌舞昇平，歌扇輕約飛花，蛾眉正奇絕。抬頭望，圓月皎潔，低頭看，水色瀲灩。我跟在司儀官身後穿過通向禧陽殿的廊橋，心中對這人間仙境般的美景也不禁暗暗稱讚。

「今年的月亮真是特別圓呀。」

表姑姑的聲音幽幽的，在這月圓人團圓的日子裡，她一定是在思念另一個世界的丈夫和兒子吧？我看向表姑姑，她的側臉在這柔和的月色中泛出珍珠一樣的光彩，連我也要感嘆一聲她的美麗。表姑姑才不過四十來歲，保養得如此好，看上去至多不過三十出頭。可這樣的美貌又能如何呢？女為悅己者容，悅己者已逝，空留花容嬌顏又奈何？

司儀官洪亮的聲音響起——

「太后娘娘駕到！皇后娘娘駕到！」

我攙著表姑姑跨步走進禧陽殿，群臣紛紛下跪行禮，請安的聲音響徹大殿。我抬眼看見了父親、大哥和三哥，笑容頓時浮上臉龐。三哥的手臂雖然還纏著傷布，但精神看上去好了許多。

「眾愛卿平身吧。」表姑姑一如既往的儀態萬千。

正說話間，司儀官的聲音在身後再次響起——

「皇上駕到！莫太妃駕到！後宮各位娘娘駕到！」

我循聲望去，一身大紅袍服的上官裴看上去意氣風發，高高的髮冠束起，與我印象中的俊美飄逸相差無幾。他攙扶著一個嬌小的中年婦人，我想這位就是傳說中的莫夫人吧？我不禁多看了她幾眼，現在生活的安逸看來並沒能彌補以前的艱辛在她身上所造成的痕跡。再厚的粉妝還是掩飾不住她眼角的皺紋和混沌的眼神。不過撇去這些歲月的痕跡不說，她仍然不過是個相貌平平的女人，與我身邊雍容華貴的表姑姑相比，簡直有著天壤之別。當初她究竟使了什麼手段迷惑了先帝？

「臣妾參見聖駕。」我在上官裴面前款款福身下去。

「皇后平身吧。」

他的聲音冷冷的，聽不出節日的喜慶氣氛。話音未落，上官裴已經朝表姑姑跪拜下去。

「兒臣參見母后。」

他身後所有的後宮嬪妃統統下跪行禮，恭恭敬敬地喊一聲——

「臣妾參見太后，太后千歲千歲千千歲。」

我看得出表姑姑很享受這萬人之上的一刻，她的臉上洋溢著驕傲和一種不真實的快樂。她情敵的兒子，即使再不願意，但當著所有人的面，也得規規矩矩地跪下喚她一聲母后。這是表姑姑在這場已經不可能贏的戰役中的最後一點戰利品吧。

「皇上，起來吧。」表姑姑的聲音溫柔似水，連我都要感嘆她的好演技，看來昭陽殿之路我還有很多要學的東西。「皇上日理萬機，真是辛苦了，哀家看著也心疼呢。」表姑姑一手牽著皇上，一手牽著我，一副母慈子孝的和睦樣子，向主座走去。我忍不住回頭看了一眼莫夫人，她只是低頭看著地面，靜靜地跟在身後，頭上重重的綴飾彷彿要壓垮了她一般，與她瘦弱的身子相比，竟然生出可笑的感覺。這樣的女人，怎麼看也不像是湯藥事件的主謀呀！

太后坐到了珠簾後，而我與上官裴在三個月內第一次並肩而坐。我們之間雖然近在咫尺，但是除了沈默還是沈默。我正在捉摸著如何開口打破這個僵局，上官裴倒先發了話。

「皇后，這些日子，朕沒有來昭陽殿看妳，是因為朕才登基不久，國事繁忙……」

「臣妾明白，臣妾只望皇上保重身體。」我語調不高，臉卻先紅了，只得將頭深深地埋下去。他以為我是害羞，自己在那裡笑著轉開頭去，而我低著頭卻在強忍著淚水。舅舅屍骨未寒，我卻要在這裡對你強顏歡笑！

他突然湊近了身子，在我頸間低聲吐出一句話。「今晚朕來昭陽殿。」

他的氣息在我脖子間亂竄，癢癢的感覺漫溢開來。我抬頭看他，滿眼的笑，根本無處尋找剛才的悲傷。「臣妾恭迎聖駕。」挑眉側眼間，我嫵媚一笑，又補充了一句。「臣妾在玉湯池恭迎聖駕。」

他先是一愣，繼而哈哈大笑。

我父親帶著兩位哥哥上來敬酒，還未站穩，上官裴卻先端起酒杯站起身來。「老宰相啊，這一杯該我來敬你才對呀！」說完一乾而盡，駭得我父親趕忙也飲完杯中之酒。「老宰相，您既是三朝重臣，又是朕的國丈，您對上官皇朝的貢獻之大，朕心裡都明白。還有兩位國舅，也是朝廷的棟樑之才，今後朕還要仰仗各位，共同開創太平盛世啊！」上官裴語氣誠懇，要不是我明白我們現在的局面，連我都要相信他的一番誠意了。

「臣等惶恐！」我父兄三人急急跪下。

上官裴趕忙上前幾步，將我父親扶起。「燕王的事，朕也很不安。這事就到此為止吧，賀家上交的錢財也夠安撫壅北受災的百姓了。大壩決堤的事，朕不想再牽連更多的人。」

上官裴這話一出，我反而生出不安的感覺來，但一時也想不出個所以然來，只是低頭看著面前的菜。

「說些高興的事吧。」上官裴的臉上突然漾起笑容。「二國舅鎮關大將軍自從元配夫人芑安郡主難產過世以後，一直沒有續娶吧？」

「二弟對死去的二弟妹用情至深，他要是不想續弦，我們也不願逼他。」大哥聽到上官裴挑起這個話頭，眉頭皺得更緊。

「唉，俗話說，不孝有三，無後為大。即使對亡妻再不能忘情，沒有子嗣總不是個辦法。這樣吧，丁夫人的妹妹子宜今年十九，才貌俱佳，朕就作主，將她許配給鎮關大將軍了，挑個好日子讓司徒珏回京完婚吧！」上官裴主意已定，不容他人回駁。轉頭看向我，微微一笑。「皇后，這樣親上加親的喜事，妳不高興嗎？」他竟然握起了我的手，一副興高采烈的模樣。

我只能點頭回笑，連說高興，可心裡不安的感覺卻更加強烈了。

第十三章　前世故人，也共一雙

被氤氳著騰騰熱氣的溫泉水包圍著，我慢慢閉上眼睛享受著這獨處的寧靜。身上的肌膚燙得發紅，正如我此刻焦急的心境。

上官裴的葫蘆裡到底賣著什麼藥？將他的妻妹許配給我二哥，恐怕與希望親上加親沒有多大關係吧？娶妻成親，又是皇上親自指婚，二哥勢必要回到上京。祖制規定，武將進京，隨行士兵不得超過五百。如果上官裴要趁這個機會杯酒釋兵權，絕對是大好時機。二哥現在尚無妻室，也沒有理由拒絕皇上的所謂一番好意。這回來與否之間，司徒家幾千條人命都命懸一線。

想到這裡，我不禁打了個寒顫。這樁婚事怎麼看都有陰謀的痕跡，二哥一定不能回來。至於想個什麼藉口推辭，我和父兄還得從長計議。

「上官裴！」

我從牙縫中恨恨地擠出這三個字，卻沒有料到說話的當口，一雙手一下子觸摸上我光滑的背脊。我剛才太投入於自己的思緒中，並沒察覺有人逼近。手的冰涼與水的溫暖形成強烈的對比，我不禁一陣驚顫。

剛想張嘴喊侍衛，那雙手已經攀上我的前胸。我低頭看去，右手的大拇指上，一隻明晃晃的翡翠扳指在夜明珠的照耀下散發出幽幽的墨綠光澤。我認識這只扳指，更認識它的主人。

上官裴！

「皇上。」我低低地喚了一聲，剛想要轉過身來行禮，突然驚覺自己渾身正一絲不掛，心中害羞，是轉也不是，不轉也不是。正在左右為難之際，他的雙手已經從後面抄過來，輕柔地環住了我的肩膀。

他的下顎輕輕地點在我的肩上，粗粗的鬍渣刺得我的裸膚又癢又疼。我的背貼著他寬廣的胸膛，肌膚的摩擦中我可以感覺到他也正全身赤裸著，我心裡不禁一陣慌亂。要不是我的雙手攀著池緣，我想我一定已經癱軟下去。

「皇上……」我的聲音低得幾乎連我自己都聽不見，他的吻已經輕輕地落在我的耳根處，順著耳根一路蜿蜒到肩膀。我的雙腿終於放棄了支撐，只是無力地躺在他懷中。他纖長有力的手指像彈琴一樣，有節奏地從我的肩膀滑到緊緊攥住池緣的指尖。

「古人形容美肌如玉，細脂凝膚，果然是一點都不錯。」他的聲音低沈，魅惑得如同黑夜中的幽靈。

突然，他的指尖停留在我右臂外側的一隻彩繪血色蝴蝶上，那是國畫名家王洛娘用蘇銅山的秋染朱砂替我畫上去的。蘇銅山的朱砂色彩鮮豔，飽滿有神，含金石韻，歷久不退。而出自王洛娘筆下的這隻玉帶鳳蝶，更是栩栩如生，彷彿稍有動靜，便要振翅而飛一般。

他的手指反覆摩擦著這隻鳳蝶，口中喃喃自語道：「身似何郎全傅粉，心如韓壽愛偷香。」

還未等我回應，他已經吻了上去。他的唇溫潤潮濕，像是在品嚐一杯絕世佳釀一樣的全情投入。因為離得很近，我可以聞到他身上薄薄的酒香。我知道他是醉了，但此刻的我又何嘗是清醒的呢？

「這個蝴蝶……」

他的聲音沙啞，我側身看去，他的額頭上滲出一排密密的汗珠，晶晶地閃亮。

「妳阿姊也有一隻吧？」他問。

他說得不錯，世人因此稱我和阿姊為「絕代雙姝，鳳蝶齊飛」。

「臣妾和阿姊身上確實都有這個蝴蝶。阿姊十六歲成人儀式時，爹爹請了泗水的王洛娘來替阿姊畫上的。當時臣妾才十歲，在旁邊也吵著要畫，爹爹拗不過臣妾，就讓王師傅替臣妾也畫了一隻，和阿姊身上那隻一模一樣。只不過阿姊那隻是銀朱色的，而臣妾這隻是朱砂色。」說起阿姊，我的睫毛低垂，神色不由得柔和起來，眼光只是怔怔地盯著自己右臂上的那隻鳳蝶，聲音愈行愈低。

「妳阿姊畫這隻鳳蝶是為了遮擋一塊傷疤吧？」

他突然的這一句，讓我不禁猛地轉頭看向他。他的眼光還是停留在我的蝴蝶上，沒有注意到我的驚訝。

「陛下怎麼會知道我阿姊右臂上有一塊傷疤？」這件事除了至親至近的人，其他人是絕對沒有道理知道的，我的訝異可想而知。

「她……她是為了我才留下這塊傷疤的，我怎麼會不知道？」

他的語氣有些激動，這是我第一次聽見他在和我說話時沒有用「朕」這個字。

「六年前的今天，那也是一個花好月圓的中秋佳節。」他人雖在我身畔，但聲音縹緲得彷彿群山間的回音一般。「禧陽殿還是一樣的歡聲笑語，賓主盡歡。但是我和我娘在景秋宮裡卻餓得快要暈過去了。我們平日裡也只不過一天一頓餐飯，那一日御廚房為了準備禧陽殿的晚宴，根本就沒空管我們的死活。那時候我娘病得很重，整個景秋宮裡一個人也沒有。我沒有法子，只能想著到外面去找點東西來給我娘吃。」他額頭上的汗珠凝成了一大滴，沿著他高挺的鼻梁滾落下來。他並沒有察覺，眼神迷茫得彷彿已經回到了六年前的那個夜晚。而他也只不過是個十六歲懵懂的少年。

「那個晚上我碰見了她。她穿著一身黛紫，美麗得就像一個月光仙子。我以為她會喊人來抓我，但她只是靜靜地站在曲廊邊，眼睛像秋天的莫愁湖一樣，美麗得可以淹溺所有的一切。」

我的阿姊，那年剛滿十六歲。那應該是她第一次進宮，去參加中秋節的盛會。我想她一定是精心打扮過的，因為那一次也是她第一次去見她未來的夫婿。我那個像仙女一樣美麗，像菩薩一樣恬和的阿姊，僅是憑著他的描述，我的眼前就浮現出阿姊那超凡脫俗的嬌美模樣。淚水溢出我的眼眶，心中最柔軟的那一塊地方還是不可阻攔地痛了起來。曾經受了傷，現在收了口、結了疤，自以為已經堅硬，但一旦觸及，卻又是一發不可收拾的潰爛。

阿姊！我心中低喊。

「一轉眼的功夫她就不見了。等她再出現時，她的手中卻多了一個盤子，盤子上盛著精緻的月餅。她把盤子塞到了我的手上，就不聲不響地跑開了……」

我感覺到潮潮的冰涼從他的下巴蜿蜒到我的頸間。我不敢回頭，我一向不敢正視一個男人的淚水。男兒有淚不輕彈，只是未到傷心處。他現在留下的淚水是為了當時的悲切遭遇還是為了我的阿姊，我不願想下去。

「後來，這個盤子被陳姑姑發現了，她硬說是我偷的，將娘從臥榻上拽起來，連同我一起送到了昭陽殿。那是我第一次瞧見父皇，妳知道嗎？我長到十六歲，第一次瞧見自己的父皇。他只是坐在那裡，一聲不吭，看著娘在地上痛哭流涕，百般討饒，看著陳姑姑對我惡言相向，他什麼也沒有做。還有我的皇兄，只是用厭惡的眼神瞪著我。沒有人肯相信我的話，人人都說賤人的兒子做賊一點也不奇怪。除了妳阿姊，妳阿姊只是低著頭。我知道她不敢說是她給我的月餅，我不怪她，一點都不。」

他突然笑了，低沈的笑聲埋在喉嚨裡，似笑非笑的，令我生出毛骨悚然的感覺。

「我氣急了，對著父皇大嚷大叫起來。皇后順手就抓起一只茶杯朝我砸過來，這時候妳阿姊一下子撲上來將我推倒，用身子擋在了我的面前。茶杯就砸在我剛才站著的地方，一塊碎片飛散開來，劃破了妳阿姊的手臂，到處都是血……」他的聲音哽咽了，他抱住我的手不斷地在發抖，即使水再溫暖，他的身子卻還是冰涼。

後面的故事，我也知道了。那個傷口很深，好了後，留下一塊緋色的傷疤。母親嫌疤難看，就讓父親將王洛娘找來，在疤上繪了一隻玉帶鳳蝶。但家人一直沒有告訴我，阿姊的這塊傷疤是從哪裡來的，直到今天我才明白這塊傷疤後的那段淵源。

我語塞，不知道應該對我身後這個低聲啜泣的男子說些什麼。那個給他帶來無盡傷痛的女人姓司徒，那個奮不顧身為他擋住茶杯的女人也姓司徒。我緩緩地轉過身去，伸手輕輕地將他攬入懷中。他溫順得像個孩子，只是緊緊地擁著我。

我不禁產生剎那間的迷惑，這個高大俊美的男子，這個天下至尊的男子，現在在我的懷中，兩人裸裎相見，他不是皇上，我不是皇后，我不記得他姓上官，他也不在乎我姓司徒。只是我們兩個人，一個男人和一個女人，在這個寧靜的月夜相擁在一起。

他抬起頭來看著我，眼中有痛楚、有茫然、有不捨、有掙扎，像個孩子般的迷惘，像個士兵一樣的堅定。我不等他多想，踮起腳尖迎上了他的唇。他的舌尖有一絲回甘，他擁著我的手更加的用力，我的腿纏上了他的腰，就在這迷濛的水煙嫋嫋中，我們兩個合而為一。

今夜，原來真的是月圓人團圓的好日子。

午夜夢迴之際，我從睡夢中驚醒，全身的痠痛席捲而來，彷彿經歷過一場世紀大戰一般。想要翻一下身子，才發現一條手臂緊緊地箍在我的腰間。是他！

昨夜的顛鸞倒鳳原來不是一場春夢，他真真切切地躺在身邊，熟睡得像個嬰孩。頭埋在我的頸窩，看不見他的眉眼，只有他均勻的呼吸在我的頸窩處留下一片暖暖的潮。今夜，有人安睡，有人無眠。

剛想伸手觸摸他微微噘起的唇，就聽見外面一陣哄亂。紛雜的腳步聲，吵鬧的喧囂聲，驚恐的求救聲，一下子從四面八方包圍過來。

我猛地甩開他的手，從臥榻上一躍而起，匆忙地扯起自己的紗衣，衝出殿外。後宮的西南角火光沖天，天色也被染成了血紅，月亮早已躲得不見蹤影。

許姑姑臉色蒼白地奔過來。「小姐，不好了，慈陽殿走水了！」

什麼？慈陽殿走水了？姑姑！

我拔腿向慈陽殿跑去，卻被一隻大手一把拽住。轉頭看去，正是上官裴。

「放手啊！」這種情勢下，我根本顧不上君臣之禮。

他的聲音嘶啞卻不失溫柔，雙瞳在茫茫夜色中閃出光芒。「外面風大，妳穿得這麼少，又赤著腳，會著涼的。」他也只不過穿著單薄的褻衣，秋夜的風已經有了些徹骨的寒意。

他從宮女手中拿過自己的大氅披在我的身上，我只是看著他，一時不明所以，而他的下一個舉動更是讓我始料未及——

他竟然蹲下身，當著所有宮人的面，將我的一雙繡花鞋小心翼翼地套上我的纖足！

我的雙足冰冷，握在他溫暖的掌心，竟然微微顫抖。不過是一轉眼的動作，可看在我的眼裡，卻好似天長地久一般。

第十四章　吞又吐，信還疑

我一路小跑趕到慈陽殿時，慈陽殿前已經集聚了很多人。大內侍衛在慈陽殿前五十丈開外組成了人牆，與救火不相干的人一律不得進入。眾多宮廷內侍在掖庭令何大人的指揮下正用唧筒從太平缸內不斷地汲水救火。十幾輛牛車往返於慈陽殿和宮門外的護城河之間，不斷地將迅速見底的太平缸再次灌滿。

氣喘吁吁中，我抬頭看向火光中的慈陽殿，瘋狂的火舌舔窗而出，灼熱的氣浪撲面而來，連站在遠處的我都感到呼吸困難和陣陣暈眩。龐大的慈陽殿已經完全被大火吞噬，連高聳的屋頂都被淹沒在簇簇上竄的火苗中，到處濃煙瀰漫，再加上周圍宮女們的驚叫聲、哭泣聲，彷彿人間煉獄一般可怕。

整片天空被火焰染成猙獰的血紅色。

由於火勢毫無消退跡象，救火的內侍們不得不一邊向裡澆水，一邊往周邊退開。這太平缸裡的水與撲滅這場大火所需要的水相比，無疑是杯水車薪。看這情形，他們應該是準備放棄救火了。幸好後宮中每座宮殿都是自成一體，火勢應該不會蔓延開來。

我四處張望，周圍人影攢動，煙燻得我睜不開眼睛。四處不見表姑姑的身影，我此時心中已是慌亂之極。

「姑姑！」我聲嘶力竭地大叫起來，因為緊張，聲音異常尖細，好似有人卡住我喉嚨一般。

正在此時，不知誰在我身後冒出一句話——

「起火後就一直沒瞧見太后娘娘呀！」

這句話一下子吸走了我身上最後那點力氣，我雙腿一軟，眼看人就要半跪下去。

「姑姑——」整個後宮在一瞬間安靜下來，唯有我這句撕心裂肺的喊叫聲在茫茫夜色裡迴盪。

話音還未落，一雙大手從我腋下穿過，將我一把打橫抱了起來。不用猜，我也知道來人是上官裴。他仍舊穿著先前的白色褻衣，一件黃色的夾袍搭在他的肩上。他威嚴的聲音從我頭頂上傳來，短短一句話卻讓人有了安心的感覺。

「朕現在送娘娘去紫陽殿休息。讓何大人和李統領處理完這裡的事後，來紫陽殿回話。」

他低頭看了我一眼，低聲問：「皇后沒事吧？」便抱著我匆匆向離這裡最近的紫陽殿走去。旁邊的侍衛趕要過來幫忙，他只是冷冷的一句。「不用！」我還是緊緊地被他摟在懷裡。

雖然抱著我，他走起來倒並不顯得吃力，步履平穩，也不見氣息變化。我依偎在他懷裡，念及表姑姑可能已經遭到不測，心像被人硬生生地捏揉過一樣，痛從每個毛孔裡滲透開來。

但是我不能哭，要哭也絕對不是現在，因為現在不是傷心的時候。無論怎樣，我要查出事件的真相，為表姑姑報仇雪恨。可是此刻心裡的痛卻如萬箭穿心一樣，慢慢地吞噬我的克制力。我只能用力攢住他衣服的前襟，任由指甲隔著柔軟的絲綢深深地掐進自己的掌心。有時候，肉體的痛楚或許可以緩解心靈的傷痛。

剛走了幾步，身後突然「轟」的一聲巨響，隨後人們的尖叫聲浪在瞬間衝擊著我的耳膜。上官裴也不禁一愣，抱著我慢慢回過身去。身後塵煙四起，一根巨樑斜拉拉地砸在慈陽殿正殿前的臺階上，將倒未倒之際還在搖晃。伴隨著不絕於耳的噼啪聲，曾經以精緻華麗著稱的慈陽殿終於支撐不住熊熊烈火的烤灼，轟然倒塌。

慈陽殿，歷代司徒家太后安享晚年的宮殿，象徵著司徒家無上榮耀的場所，竟然在一夜之間不復存在。而我這個司徒家的皇后，眼睜睜地看著慈陽殿在我面前化為焦土，卻什麼也做不了。

難道，這是先兆？

紫陽殿裡已經生起了暖爐，可是我還是覺得冷，人簌簌發抖。我一聲不響地飲著手中的壓驚茶，等待著兩位大人的到來和可能出現的最壞消息。到現在為止，還沒有人回稟說看見太后和馮姑姑，難道真的是凶多吉少了？

上官裴坐在我的身旁，也不出聲，只是時不時回頭凝望我一下。而當我感覺到他的注視，抬頭回望他時，他卻如先知一樣，早我一步回過頭去了。

「丁夫人到！」殿外的宮女扯開嗓子通報。

說話間，丁夫人一身藕色衣裙，已經緩緩走進大殿，看見我們兩個便欠身行禮。

上官裴快步迎上去，一把將她扶了起來。

「這麼晚了，妳懷著身孕，就不要過來了。」上官裴的語氣滿是焦慮。

「出了這麼大的事，臣妾擔心皇上呀！」

丁夫人的聲音還是一如既往的溫婉，連我聽了都不禁心頭一蕩。

上官裴高大的背影擋住了我的視線，我看不見他們兩人之間的親密舉止。幸好看不見，因為現在我的心情已經夠糟的了。

丁夫人在上官裴左手邊坐定，目光始終沒有離開過上官裴。趁著當口，我側臉看向她。素面朝天的丁夫人卸下了晚宴的正裝，臉色蒼白，頭髮只是簡單地綰了一個髻，歲月已經在她的臉龐留下了印記。六個月的身孕使她的小腹看上去已經很明顯地隆起，她的一隻手始終擋在小腹前。

正在這時，丁夫人突然想起了什麼，轉向我脫口而出問道：「怎麼沒瞧見太后娘娘啊？」

她這句話一出，我的心彷彿被人重重地擊了一拳，直悠悠地沈了下去。我轉過頭去並不搭理她，只顧著自己繼續喝茶。她也意識到自己失言，溫順地低下頭去，專心絞著手中的帕子。

內侍進來通報。「掖庭令何大人和侍衛統領李大人到。」

兩位大人顯然剛從火場回來，渾身的焦味。何大人的衣袖也被燒掉半隻，而李大人的臉上滿是煙燻的黑色印痕。

兩人雖是一身的狼狽，但禮數還是十分周全，向在座的各位行禮。

「火滅了嗎？」上官裴著急地發問。

「回皇上的話，火勢已經控制住了。還有零星小火，侍衛們正在盡力撲滅。」李大人趕忙回話。

「有沒有看見太后娘娘？」我搶著問道，茶水晃出了杯子也不自知。

看見兩位大人互相交換了下眼色，我心裡大叫不妙。

果然李大人開口道：「回娘娘的話，微臣已經派人去查看了。但是到目前為止，還是不見太后娘娘的蹤影。」他的聲音有些哆嗦，誰也不願意這樣的壞消息從自己口中說出。

上官裴擔心地看了我一眼，才繼續問道：「好好的怎麼會就燒起來呢？」

我可以感覺到他的語氣明顯比剛才緩和了許多。

「這……」李大人有些吞吐，轉頭看了一眼何大人，何大人意會，回應道：「據種種跡象看，應該是有人蓄意縱火。」

「什麼？」上官裴提高了聲音，透露出震怒。他一掌拍在桌子上，連茶蓋都震起來跳了一下。

「據慈陽殿的當值侍衛回報說，著火前在內殿看見有個黑影鬼鬼祟祟。過去仔細察看時，那黑影身手敏捷，已經不見蹤影。侍衛只看見內殿門前有不少浸過煤油的棉絮被點燃，燒得正旺。棉絮馬上就燒著了內殿的掛簾，蔓延開去。今晚的風特別大，所以整座慈陽殿不一會兒就……」

何大人沒有說下去，下面的故事我們也都知道了。

「真是膽大妄為！朕的後宮竟然有人蓄意縱火！」他的右手按住桌角，指節微微發白。披在肩上的黃色夾袍也因為他動作劇烈而滑了下來。「通知禮部尚書周大人，讓他候命吧。」

他最後一句話，讓我側目。讓禮部尚書候命？無非是暗指太后的國葬。現在太后生死未明，他怎麼就讓周大人候命呢？除非……

除非他已經確定太后沒有生還的希望了！

我抬眼仔細觀察著他的表情，心中不禁疑竇叢生。為什麼一切都那麼巧合，白天太后剛剛責罰了莫夫人，將她趕出慈陽殿，他今晚就來昭陽殿臨幸我，然後慈陽殿不早不晚就在今晚被毀之一炬？堂堂的深宮禁苑，除了後宮之人，誰可以進入到慈陽殿內殿放火行凶？難道……

想到這裡，我心裡如翻江倒海般的上下翻騰，千萬句質問都堵在嘴邊，彷彿隨時都會如脫韁野馬一般衝出。但是現在我不能打草驚蛇，這事要抽絲剝繭地慢慢查。如果今晚發生的一切都是他們母子安排的一齣好戲，那我一定會讓你們血債血償！

「李統領，你今晚增加人手，好好巡邏防衛。要是再出什麼紕漏，你就提著腦袋來見朕！」他話語凌厲，嚇得李統領馬上下跪領命。

正在此時，外殿一陣喧鬧。沒一會兒，一個內侍進來回報，他顯然也是受了驚嚇，說話斷斷續續。「回皇上和娘娘的話，侍衛在慈陽殿後的御河裡發現了昏迷的太后，馮姑姑也在，不過好像受了些傷。」

聽了這話，我的耳朵突然間嗡嗡作響。慈陽殿內殿後窗正對著御河，可是從窗臺跳下去，距河面少說也有三、四丈的高度。顯然為了逃生，表姑姑才會沒有選擇地從這麼高的窗臺跳到御河裡去。

這個內侍繼續道：「太后娘娘和馮姑姑已經在送到紫陽殿的路上了，鄭太醫也趕過來了。」

我不等他說完，激動地站起身來，拔腿向外跑去。老天有眼，姑姑福大命大，有人要害她，卻偏偏不能得逞。

「皇后！」上官裴在我背後叫道。

但這次我沒有停下，我要盡快趕到姑姑身邊，看誰還敢當著我的面害她！

燭光下，表姑姑臉色青灰，頭髮凌亂，額角還被撞了一個大口子，雖然鄭太醫已經替她清洗包紮，但還是有血絲透過紗布滲出來。她還沒有清醒過來，但據鄭太醫診斷，應該沒有傷到經脈，只是傷了額頭，外加受了驚嚇。聽了這話，我這才緩緩地吁了口氣。

我聽見旁邊有人低聲啜泣，轉頭看去，是坐在一邊的馮姑姑。她的左手綁著傷布，看來是跌折了。她神情恍惚，目光緊緊地鎖在臥榻上熟睡中的姑姑。我可以理解她的心情，她跟隨了我姑姑近三十年，她們之間的關係已經遠遠超越了主僕。

「馮姑姑……」我想要安慰她幾句，卻又一時不知從何說起。

上官裴站在我身後，一臉的陰鬱。自從表姑姑被救回來後，他就沒有再開過口。

馮姑姑突然在我面前跪下，淚流滿面。「娘娘，您要為太后娘娘作主啊！」說話間，她高舉右手，遞上一樣東西。「我半夜起身如廁，發現有個黑影正在內殿徘徊。上去剛欲查詢，那個黑影就重重推我在地，不見了蹤影。糾纏間，從他身上掉下了這個。」那樣東西握在她手中，明晃晃地耀眼。我認出，是後宮的通行權杖。

後宮中，一旦到了掌燈時分，所有宮門俱鎖，唯有持權杖者方可通行。

這個權杖上寫著三個字：汾陽殿。

「誰住在汾陽殿？」我厲聲問出，雙目掃過殿內每一個人。

周圍一片安靜，靜得我甚至可以聽見自己的心跳聲。

沒有人回答，所有人都低著頭，看著地面，除了上官裴。他怔怔地看著馮姑姑高舉過頭頂的權杖，雙眉緊皺。

「汾陽殿裡住著誰？」我的聲音更高。「龐京，還要本宮問幾遍？」我雙眼瞇起，狠狠盯住門邊躬身站立的一個身影。

「回娘娘的話……」龐京停了下來，低著頭只是盯著自己的腳尖躊躇著，又抬起袖子擦了擦額頭上的汗珠。

「回話呀！」我氣急。

「回娘娘的話，汾陽殿的主子是……」

龐京嚥口水的聲音我也可以聽得一清二楚。

「……是莫太妃！」

第十五章　新恨猶添舊恨長

莫夫人。我在心中細細玩味著這三個字。腦海中浮現出今天晚宴見到她時的印象，那個貌不驚人，看上去膽小如鼠的女人，竟然會是縱火的主謀？看來真是人不可貌相。

「皇上。」我的聲音竟然平和下來。「您看這事該如何是好？」我看向他，不放過他臉上的任何一絲變化。他有沒有參與其中，對整件事情的處理極其重要。

他雖然雙眉緊鎖，但是眼神卻明朗，直直地看著我，一副無愧於心的模樣。

正當他沈默不語時，丁夫人倒搶先開了口。「不會的，一定不會是母后幹的！」

我一驚，看不出她小小的身體裡竟然能爆發出如此響亮的聲音。

「母后？」我冷笑，步步逼近丁夫人，突然出手捏住她的下顎，用力轉向自己。「丁夫人，妳跟本宮聽好了。妳只有一個母后，她現在躺在那裡！」我另一隻手猛然指向臥榻上的表姑姑。「要是以後再讓本宮聽見妳壞了規矩，不要怪本宮沒有警告過妳。」

鬆手之際，我滿意地看見丁夫人的下巴上立馬出現的紅色指印。她啜泣聲又起，我轉身離開，懶得理她。誰知與上官裴擦身而過之際，卻被他一把拉住。他手上用了狠勁，我的右臂像是要被他捏碎一樣。我怒目圓睜地瞪向他，心裡鐵定了主意，即使再痛也不能讓他看出端倪。兩個人就這樣四目相對僵持著。

他突然開口，聲音很輕，略顯嘶啞。「皇后，很多時候，給別人留餘地就是給自己留餘地。妳要記住，在這個皇宮中，沒有誰是能夠一輩子順風順水的，連朕也不能夠。」

我驚奇地發現他的嘴角竟然微微上翹。

他，竟然在笑！只是這個笑容轉瞬即逝，我差點以為自己看走了眼。

他緩緩鬆開了對我手臂的禁錮，完後還輕輕地替我撫平了衣袖上的褶子。在旁人看來，我們剛才那個舉動也算親密了。沒有人知道，我衣袖下的手臂現在應該已經呈現瘀痕，也沒有人聽見他剛才在我耳邊低語的那句貌似提醒、實為警告的話。

我不予理睬。「皇上，放火燒慈陽殿謀害太后，這事可非同小可。現在莫太妃又被牽涉其中，我看皇上為了避嫌起見，還是恩准讓臣妾來全權處置吧？」我心中下定決心，這一次我一定要以鐵血手腕整肅後宮，誰都不允許擋住我，包括你，上官裴！

莫夫人，我饒過妳第一次，但絕對不會饒過妳第二次！

我早已料到他不能說不，因為現在矛頭直指他的生母，被害人又是他的母后。這樣尷尬的處境，他唯有置身事外方顯得心中無愧。眼看著自己的生母大難臨頭卻救之不得，一定很痛苦吧？

哼！我心底冷笑一聲，皇帝哪有那麼好做！

果然，他緩緩轉向眾人。「這件事，就由皇后處理吧。朕相信皇后一定可以將事情查個水落石出，還莫太妃一個清白的。」他此話一出，無疑已經認定他母親是被人栽贓嫁禍的。這個基調一定，我這個皇后在沒有與他完全撕破臉皮之前，總是要給他一個面子吧？他要的無非是保住莫夫人的命。

我心裡暗暗思量——好一個不動聲色之間先發制人。

我回頭吩咐道：「孫參將，你在這裡好好守著。要是有人膽敢危害太后，你就奉本宮的令，就地斬了。」孫參將是派來保護我的御林軍統領，深得我表姊夫戚宇渲的信任，而我相信我表姊夫的眼光。

回身看向上官裴，他一語不發。我不再理睬，轉身發話。「來人呀，擺駕汾陽殿。」

我要來汾陽殿的消息早已有人通報，汾陽殿內燈火通明。我前腳剛踏進大殿，就看見莫夫人帶著一干宮女內侍在那裡候著。

我走進殿內，莫夫人只是在我身後跟著，我不理會她，徑直走到大殿正中的主座坐下。她略顯尷尬，卻也不多語，只是默默地轉身面向我，空氣彷彿凝固一般的稠膩。

「太妃娘娘，可知道本宮到妳這裡，所為何事？」說話間，我擺手讓許姑姑撤下茶水。現在情形已經危急到迫在眉睫，我實在沒有喝茶的心情。

她倉皇地看了我一眼，然後搖了搖頭。

「本宮尊敬妳是皇上的生母，對妳平日裡犯下的小過錯可以不計較。妳擅自搬入慈陽殿，本宮也可以不追究。但是本宮沒有料到，妳竟然膽大妄為到想要謀害太后的地步！妳看看妳都幹了些什麼？」我接過許姑姑手中的那塊權杖，狠命地朝她面前擲去。權杖應聲著地，哐噹作響，轉了幾圈後停在她的面前。

「妳認不認識這塊權杖？」看見她神色大變，我更加怒從心中起。

她只是嗚咽起來，並不開口為自己辯解。

「妳以為不說話，本宮就拿妳沒轍嗎？哼！」我招手讓廖姑姑走近。「妳將汾陽殿所有人都集中起來，一個一個的問話，將沒有權杖的人馬上帶到這裡。還有，徹徹底底地將汾陽殿翻個遍，本宮就不信妳沒有蛛絲馬跡留下來。」

廖姑姑手下十來個宮女馬上分頭幹活去了，而莫夫人還在那裡哭個不停。整個汾陽殿氣氛緊張，人人都噤聲不語，更顯得她哭聲的淒切。

不過一盞茶的工夫，廖姑姑重新走進大殿，她手下兩個宮女揪著一個內侍跟在身後。「回娘娘的話，所有人皆有權杖，唯獨這個李喜兒說他權杖丟了。」說完對著身後的宮女使了個眼色，宮女狠狠地將這個李喜兒推倒在地上。他摔了個狗啃泥，趴在地上不敢動彈。

「抬起頭來。」我命令他。

他不住地發抖，半天沒有反應。廖姑姑大步上前，一把拽住他的頭髮，抬手就是一個巴掌。「皇后娘娘讓你抬頭，你膽敢裝聾作啞？」

因為頭髮被拽著，他的臉不得已而抬得老高。燈火通明的大殿，看得格外清楚。我微微蹙眉，這跟我想像中的黑影人差太多了。他頂多不過十五、六歲，臉上還殘存著一些孩童的懵懂，嘴角邊的血絲更是襯出他肌膚的蒼白，看向我的眼睛內除了恐懼，還有絕望。

「李喜兒，是吧。」我的態度溫和下來。「你老實回答本宮，你的權杖去哪裡了？」我眼神示意讓廖姑姑將他的頭髮鬆開。

「回皇后娘娘的話，權杖……」他斜眼瞥了一眼身旁跪著的莫夫人。「權杖今早就不見了。」

我挑眉，他的話中有一絲讓我不安的訊息，我不敢深想下去，心中像有千萬面小鼓在捶一樣，難道……

還想再問些什麼，突然殿外一陣騷動，幾名宮女抬了幾個罐子進來。打頭的宮女稟告道：「皇后娘娘，這是在汾陽殿的小廚房裡發現的煤油，還有這些……」另一個宮女上前，手上捧著一個托盤，上面是一些棉絮。「是從後院的水缸後找出來的。」

在場的眾人都發出倒吸口氣的嘶嘶聲，現在人證物證確鑿，汾陽殿鐵定難逃干係。

說時遲，那時快，那個李喜兒突然轉身朝莫夫人拜了一拜。「娘娘，奴才辦事不力，還連累了您。奴才唯有以死謝罪！」

一聽此話，我心裡大叫不妙，趕忙大聲喊道：「廖姑姑，別讓他自盡！」可惜已經晚了一步，李喜兒突然間發出痛苦的掙扎叫喊聲，幾秒後就慢慢地倒在地上，不省人事。而這次，他嘴角流出的卻是黑色的血。廖姑姑上前摸了摸他的頸脈，對我搖了搖頭。

這時我卻在莫夫人臉上看見了我不能想像的表情。她竟然笑了，淺淺的笑給她蒼白的臉上帶去了紅暈，連渾濁的眼神也有了光彩。我不敢相信自己竟然覺得此刻的她是美麗的，罌粟的妖冶和百合的純潔，竟然在同一個表情上迸發出來。我不敢置信。

她為什麼要笑？難道是自知死期將近，故作鎮靜？可為什麼我分明看出了無奈和解脫？為什麼她自始至終都不為自己辯解？這個李喜兒看似為了他主子而服毒自殺，可為什麼會在臨死前將他主子拖下水，曝光於眾人眼前，讓她百口莫辯呢？

還有李喜兒剛才那句話，讓我想到了很多。難道說莫夫人真的是被冤枉的？難道真正的元凶另有其人？

「小姐，現在人證物證俱全，您看該怎麼處置？」許姑姑看見我出神，在我身邊小心詢問著。

「啊？」我回過神來，目光重新回到莫夫人身上。她雖目光渙散，人卻鎮靜很多，只是跪坐在那裡，看著身邊臉色漸漸發紫的李喜兒的屍體發呆。

「廖姑姑。」我喚她，抬頭之際，我竟然發現她連那個裝著白綾的盒子都讓宮女隨身帶著，原來人人都以為這次我一定會痛下殺手，莫夫人在劫難逃。

「妳將莫太妃帶到景秋宮去暫時關押，讓陳姑姑好生看著。妳給陳姑姑傳本宮的話，要是莫太妃有個什麼三長兩短，盒子裡的白綾妳就給她用吧。」

廖姑姑先是一怔，然後在訕訕一笑後忙著答應下來。

我跨出殿門，穿過亭廊之際，突然轉身對著跟隨在身後的廖姑姑又輕聲交代了一句。「她畢竟是皇上的生母，在事情沒弄明白之前，不許怠慢！」黑暗中，我看不見廖姑姑此刻的表情，但我想她一定很驚訝。

回到昭陽殿時，天已經微微泛白。

鬧騰了一整夜，我身心俱乏，許姑姑替我輕輕地捏著肩。

「小姐，為什麼不當機立斷，除掉莫夫人？」

「妳怎麼看莫夫人這個人？」我答非所問。

「姿色平平，畏頭畏尾，不上檯面的貨色。」說起她，許姑姑還是氣呼呼的。

「正是。像她這樣的一個女人，怎麼敢做殺人放火的事？妳不覺得有些不對嗎？如果真是她做的，為什麼又會蠢得將所有的證據都留在容易讓我們找得到的地方？」

許姑姑聽了我的話也不禁頻頻點頭。

「難道是有人嫁禍於莫夫人？」

「許姑姑，明天一早，妳替我做幾件事。」我將她招到身邊，附在她耳邊交代道。

「小姐，難不成妳懷疑……」許姑姑瞪大了眼睛看著我。

「嗯。所以妳做這幾件事時，一定要格外小心，不能讓其他人知道，聽見沒有？」

睡意襲來，我慢慢閉上眼睛……

我睡到第二天的正午才姍姍醒來，頭疼得像要裂開一樣。昨晚的一切彷彿都像一場夢，我不禁苦笑，如果昨晚的一切只不過是場夢，那該有多好！

聽宮女回報說許姑姑一早就出去了，我心裡明白她是去辦我交代的事了。直到晚飯後，許姑姑才風塵僕僕地趕回來。

「怎麼樣了？」我屏退了身邊所有人，低聲問許姑姑。

「小姐，妳猜得一點都不錯。」她在我耳邊將所有的細節都一五一十地告知。

聽著聽著，我的眉頭漸漸蹙起。

窗外風聲大作，天上月華無色，這真的是一個多事之秋啊！

第十六章　秋雨晴時淚不晴

太后的傷勢漸漸好了起來，再加上太醫府和御膳房藥補食補的雙重功效，太后終於在七天後可以下床行走了，我一顆懸著的心也慢慢地放了下來。

這幾天一直陰雨不斷，天空灰濛濛的，彷彿被糊上了泥一樣，陰沈得讓人連起床的念頭都沒有。但是我還有正事要辦，所以萬般不情願之下還是不得不面對新的一天的開始。

上官裴這幾日一直不曾來過昭陽殿，聽說是丁夫人的身體又不好了。看來丁夫人還真有本事牽絆君在側啊！

但是出乎我意料的是，上官裴竟然還有心記得每日將各地新進貢的各色水果送來昭陽殿。這番好意我雖看在眼裡，只是在這敏感時刻，卻顯得他的目的太過明顯，反而讓我生出了些許厭惡。

念及此，心中不禁哀涼頓生。我們之間，雖然也是夫妻，但是因為要對對方的心思猜度太多，身上肩負的身家利益又太重，以至於所有的溫情纏綿都像被蒙上了一層紗一樣，讓人將信將疑，看不真切。

雨還是繼續下著，我坐在花園裡的亭榭中，出神地看著池塘中的紅鯉魚圍著雨水造成的漣漪歡快地游動。

「娘娘。」

我循聲看去，原來是許姑姑將馮姑姑領了來。

「奴婢參見皇后娘娘。」馮姑姑雖然手不方便，但還是照舊屈膝行禮。

「馮姑姑，不必多禮，看座吧。」我抬手指了指身旁的圓凳。

「這些日子讓妳廢寢忘食地照顧姑姑，也真是難為妳了。姑姑是一刻也離不開妳啊，本宮也只能在她老人家午睡的時候把妳叫來問問情況。」我拿起桌上水晶盤中的蜜瓜放到馮姑姑面前。「馮姑姑，妳嚐嚐。剛從塞外運回來的，新鮮著呢。」

「這水果是皇上每日讓人送來的吧？」馮姑姑雖將蜜瓜拿在手上，卻並不急於品嚐。「娘娘，您跟皇上……」

她雖將目光轉回了蜜瓜上，可我知道她正專心一意地等待著我的答案。

「帝后恩愛，難道不是世人所樂於見到的嗎？」我不想回答她這個問題，於是轉開話題道：「馮姑姑，後日就是姑姑的生辰，本宮想著要好好替她老人家慶祝一下。這次慈陽殿被燒，她老人家也受了不少罪，本宮這個做晚輩的心裡也很過意不去，所以特意找妳過來商量一下。妳服侍了姑姑這麼許多年，她老人家喜歡什麼，妳比誰都清楚。」

馮姑姑放下手中的蜜瓜，突然就跪倒在我面前。「娘娘，您若是肯為太后娘娘作主，出了火燒慈陽殿這口怨氣，就算是對她老人家最大的孝順了！」

我不作聲，只是靜靜地聽她說下去。

「自從那個賤人得幸於先帝，太后娘娘就被氣得身子大不如從前了。現在她還敢明目張膽以太后自居，放肆到連慈陽殿也敢燒了，這分明就是不將太后放在眼裡！太后是司徒家的太后，再這樣下去，難保將來不把我們司徒家的人趕盡殺絕啊！」

這段話果然有聳人聽聞的效果，連我聽了都不禁一下子氣血上湧。將司徒家的人趕盡殺絕，真的會有這麼一天嗎？

我探身將馮姑姑扶了起來，但是語氣卻比先前冷淡許多。「馮姑姑，本宮明白妳的心情。但是在沒有搞清楚狀況之前，妳還是不要張口閉口叫她賤人。再怎麼說，莫太妃也是當今皇上的生母、先帝的妃子。妳入宮這麼多年，這點規矩還是應該明白的。」

馮姑姑詫異地抬頭看著我，我的神色雖然緩和下來，但是仍然堅定。

馮姑姑低頭，小聲地吐出一句話。「奴婢知道了。」

正說話間，許姑姑端著兩盅新沏的大佛龍井小心翼翼地走來，嫋嫋的熱氣中飄散開沁人心脾的香味，一聞就知道是難得的好茶。

正當我心裡暗暗讚賞時，許姑姑突然被亭榭的最後一級臺階絆了一下，整個盤子脫手而起，兩盅茶在空中翻開，眼看滾燙的茶水就要澆在馮姑姑的背上。我大驚失色，慌忙之間叫出口——

「馮姑姑，小心啊！」但是許姑姑絆倒的地方離她只有幾步之遠，看來這一次馮姑姑在劫難逃了。

我這一個念頭還未轉完，馮姑姑卻突然間像有縮骨功一般，人一下就向前彎去，上身緊緊地貼住自己的小腿，人彷彿被硬生生地折成兩截，沒有受傷的那隻手輕輕地點了下地面，腳下猛然發力，向上蹬起，人如一個輪子般翻騰出去，不偏不倚從兩盅茶水著落的空隙間側身讓了過去，在一丈開外穩穩著地。

我長長地吁了口氣。「好險啊！許姑姑，妳怎麼如此不小心？」我滿面怒容。

許姑姑慌張，趕緊跪下。「奴婢該死！因為下雨的關係，奴婢的鞋底濕了，有些打滑。剛才差點燙傷馮姑姑，真是該死！」

「哼！」我轉過頭去看向亭外的池水。「看來妳真是越老越不會辦事了！」我一點都沒有消氣的意思。

「娘娘，許姑姑也是不小心，您就不要怪罪她了。」馮姑姑趕忙來打圓場。

我笑著轉向馮姑姑。「幸好馮姑姑手腳靈活，才沒闖出大禍。既然妳都替她求了情，這次本宮就算了。妳起來吧，還不快謝謝馮姑姑。」許姑姑一臉的感激，不住地向馮姑姑點頭示好。

「哎喲，太后娘娘也該醒了，奴婢得趕緊回紫陽殿去。」

慈陽殿被焚，表姑姑現在暫住在紫陽殿中。

馮姑姑向我告辭。「娘娘，奴婢先走了。找出真凶為太后娘娘雪恨的事，就拜託娘娘您了。」

我衝著她點頭微笑，看著她由宮女撐著傘，消失在我的視線中。我轉身與一旁的許姑姑相視一笑。「這個真凶，本宮一定會找出來的。」

今日的紫陽殿不同往日，張燈結綵，喜氣洋洋，因為今天是太后娘娘的四十八歲大壽，連日陽也露出臉來湊這個熱鬧。紫陽殿從昨晚起就被精心佈置起來，宮女一大早就在殿堂的各處灑上了洛州金貴的玫瑰花露，一盆盆奼紫嫣紅的芍藥花被擺放在大殿的兩側，煞是好看。主殿的橫樑上都用大紅的冰綢紮了絲帶的紅花，恰到好處地懸在樑上，秋風拂過，蕩漾起一片紅色的漣漪。

我跨進紫陽殿的時候，日陽剛剛昇起，金色的陽光炫映在紅綢上，反射出胭脂般的嬌媚，卻也更襯出我臉色的蒼白。紫陽殿的宮女們看見我走近，紛紛放下手中正在忙的活兒，下跪行禮。「參見皇后娘娘，娘娘萬福金安」的叫聲從外殿一路傳進內殿，待我走近內殿大門時，表姑姑已經在大門口迎接我了。

「太后，今日是您老人家的生辰，兒臣特地來恭祝太后福壽齊天！」我在太后面前盈盈欠身，略微撒嬌地說道。

太后雖然額頭上仍然纏著紗布，但是經過精心打扮後還是美豔如往昔。雖然大病初癒，氣色還算不錯。

我扶著太后進入紫陽殿內殿，跨入房門之際，我轉身朝跟在後頭的許姑姑使了個眼色。「本宮跟太后娘娘有些體己話要說，許姑姑妳讓孫參將在殿外守著。除了馮姑姑以外，任何人都不許打擾。」許姑姑朝我點了點頭並且順手關上了內殿的大門，房內只剩下了表姑姑和我。

「姑姑，今日是您的生辰，能否讓晚輩看看您收藏的金縷舞衣，開開眼界？」我在表姑姑身邊撿了個位子坐定，一邊低頭撫平裙邊，一邊漫不經心地問道。

表姑姑自幼善舞，成年後舞藝更是精進，尤以跳「凌波仙子舞」而聞名於世，先帝甚為鍾愛。於是，先帝每年在表姑姑生辰那天會特意贈上一件不同色彩的金縷舞衣。金縷舞衣以獨產於南粵，產量極其稀少的金蠶吐出的金煙絲經過抽、洗、薰、染、織共一百四十六道工序而完成。由七個工匠共同趕製，耗時也往往超過半年方可大功告成。

金縷舞衣穿在身上熠熠生輝卻又柔軟似無物，如雨後虹霞般璀璨，似初升星辰般耀眼。據說每年的慶生晚宴後，表姑姑都會穿著當年收到的那件金縷舞衣單獨為先帝舞上一曲。除了先帝，沒有人知道美豔如花的表姑姑在穿上金縷舞衣翩翩起舞的那一刻該是如何的風姿綽約，但可以肯定的是，先帝對表姑姑的寵愛卻一年猶勝一年，而金縷舞衣也成了表姑姑每年生辰的一個傳統。

即使現在先帝駕鶴西去多年，表姑姑仍然會在自己生辰那天翻出當年自己心愛的金縷舞衣，精心打扮後緬懷往日與先帝的甜蜜時光。

聽我問到金縷舞衣的事，表姑姑先是一愣，過了半晌才反應過來。「噢，哀家將金縷舞衣留在行宮長陽殿了，沒有帶回來。」她起身走到梳妝檯前，在首飾盒內翻找著什麼，弄得裡面的玉珮耳環叮噹作響。

「我看，是太后特意不帶回來的吧？」我也跟著起身，走到她的身後，看向鏡中的她。梳妝檯的鏡子裡，照出兩個輪廓相似的身影。

「妳這話什麼意思？」她手中捏著的一枚珠花從指縫間滑落，在光滑的地面上發出清脆的響聲。

「兩年前這個時候，皇帝姊夫登基後第一次去泰山祭天祈福，姑姑的行李裡頭第一樣就是裝金縷舞衣的箱子。去年，司徒家全族回嶺川祭祖，山高水遠，路途艱辛，可是姑姑還是不忘帶上那個箱子。據兒臣所知，姑姑出遠門，無論去哪裡，這個箱子都是隨身而帶，必不可少。為什麼唯獨這次回皇宮，會把這個箱子留在行宮呢？」說這番話時，我的情緒略顯激動，但是因為極力壓抑著自己的情緒，臉因此而脹得通紅。

表姑姑不說話，只是彎身撿起地上的珠花，對著鏡子插入鬢間，表情木然。

我繼續道：「恐怕那是因為姑姑早已知道慈陽殿會被付之一炬，不願意看到金縷舞衣也在火海中化為灰燼吧？因為那些都是先帝留給您的紀念。」我從梳妝盒中挑了一副釵子，替表姑姑簪上。她的臉上漸漸浮現出頹然的神色來，然而還是緊閉雙唇，一語不發。

正在這時，門咿呀一聲開啟，馮姑姑端著茶水果品進來。抬頭間，突覺房內氣氛詭異，躊躇了片刻，低低地輕咳了一聲，提醒了我們她的到來。

「馮姑姑，來得正好！」我轉向她。「真是時光飛逝，歲月如梭啊！要不是這次火燒慈陽殿，本宮幾乎都不記得妳也是出身一代武將名門。」

馮姑姑一愣，眼光掃過呆坐在一邊的表姑姑，看見表姑姑神情呆滯，才又轉回來看向我。

「奴婢不明白娘娘的意思。」

「妳兩位兄長馮遠和馮征當年隨我二叔出生入死，征戰無數，最後都不幸血染沙場，真正是名勇士。而馮姑姑妳從小也隨兄長習武，一身武藝了得啊！」我從她端著的盤子中挑了一個黃澄澄的橘子，慢慢地剝開，橘香頓時四溢。

將一瓣橘子放入口中，酸酸甜甜的感覺在唇舌間蔓延開來。「那天所謂的黑衣人，就是馮姑姑妳吧？那天妳在本宮那裡，在受傷的情況下也可以躲開滾燙的茶水，從區區幾丈高的窗臺上跳入河中怎麼會摔折了手臂呢？而姑姑如此文弱的一個人，跳下去後竟然沒有大礙？解釋只有一個，當時妳是抱著姑姑跳下去的，用自己的身體墊著不讓她受傷。」我將橘皮放回到她的盤中，憐惜地看了她一眼。「妳這樣護著主子，不可謂不忠心啊！」

「皇后娘娘……」馮姑姑突然跪下，想說什麼，卻又堵在那裡說不出來，只得又叫了一聲。「娘娘！」

這一聲，我不知道她是在叫我，還是在叫姑姑。

表姑姑突然笑出聲來，彷彿剛聽了一件十分好笑的趣事一樣。「聽人家說瑞哥哥的小女兒很機靈，今天一看，真的不假。」她邊笑邊說，說得斷斷續續，笑得也像快要岔了氣似的。

這笑聲聽在我耳裡，竟然有著近乎瘋狂的感覺，讓我不寒而慄。

「妳是什麼時候開始懷疑我的？」她突然停止了笑聲。

「姑姑，您安插在莫夫人身邊的那個李喜兒，真是一個敗筆。」我嘆了口氣。「他雖然平時一口道地的京話，但那天我審問他時，他一緊張，竟然露出了一句家鄉話。我也是平南人，怎麼會聽不出鄉音呢？誰都知道，平南人因為司徒家的關係，往往都心高氣傲，只願在司徒家的人手下當差，而司徒家的人也慣用平南人。試想一下，一個平南人怎麼可能成為最不受司徒家待見的莫夫人的親信呢？我讓許姑姑查了一下，讓他的寡母和兩個年幼的弟妹從此衣食無憂是妳對他的許諾吧？所以他才會慷慨赴死。」

我看著太后的眼神逐漸暗淡下去，心裡真是五味俱全，哀其不幸，怒其不爭。她火燒慈陽殿，嫁禍莫夫人，無非是容不得莫夫人在後宮招搖過市，容不得那個女人的兒子做皇帝，特別是在自己什麼都失去的情況下，看著最痛恨的人取得最終的勝利。這對如此驕傲的她來說是無論如何都不能忍受的，這一點我可以想像。所以她以苦肉計妄圖挑起帝后間的矛盾，欲激化到讓我利用司徒家的實力幫助她剷除莫夫人，甚至是上官裴。

她回身看向鏡子，繼續整理著妝容。房間內一片安靜，唯有陽光透過窗格慢慢爬進屋子。

過了許久，她才淡定地問了我一句——

「妳是要將我交給上官裴嗎？」

第十七章　天涯倦旅，此時心事良苦

將姑姑交給上官裴？說實話，到現在為止，這個念頭竟然從來沒有在我的腦海裡出現過。現在局勢如此緊張，無論如何我都不會將這樣一個對司徒家極為不利的事自動捅到上官裴那裡。即使我對表姑姑的所作所為非常失望，但她畢竟是我的家人。在司徒家族面對艱難困苦，前途未卜之時，家人之間一致對外才是上策。

我走上前去，雙手搭住表姑姑的肩，聲音不由得柔和了許多。「姑姑，若是我要將妳交給上官裴，大可直接去朝陽殿，為何還要到這裡來大費唇舌呢？」我轉頭示意讓馮姑姑也起來。「我今天來的唯一目的，就是想勸姑姑一聲，收手吧！今時已經不同往日，坐在龍椅上的這個人對我們司徒家非但沒有好感，而且看現在的形勢，完全是欲除之而後快。上次中秋節大宴群臣時您也聽見了，他要給我二哥賜婚，無非是想找個理由將他從漠城召回。

「二哥手中的百萬兵權是我們司徒家自保的根基所在，一旦二哥離開漠城回京，上官裴很有可能在這個時候對我們動手。就算我們以小人之心度君子之腹，上官裴沒有這個意圖，但是將丁夫人的妹子許配給二哥，無疑是在二哥身邊安插了一個耳目，無論漠城那裡有什麼風吹草動，我想上官裴在上京都會馬上就知道了。

「父親已經讓人去調查過了，這個丁子宜據說也不是個好打發的人，留她在二哥身邊絕對是個禍害。陷害舅舅的那個帳房先生也跟丁家有關聯，以此看來，丁夫人一家在整個過程裡都扮演著重要角色，我們不可不防。現在司徒家功高震主，我看上官裴不會這麼輕易放過我們。所以在這個敏感時刻，姑姑您更加不可以輕舉妄動，打草驚蛇，否則不僅自身難保，而且還會殃及全族。」我娓娓道來，欣慰地看到愧疚的神色慢慢地浮現在表姑姑的臉上。

「唉，我真是讓嫉妒沖昏了頭，差點釀成大禍……」表姑姑的聲音有些哽咽。

「姑姑，算了。慈陽殿燒了也就燒了，只不過是一座宮殿而已。但是姑姑您絕對不可以再對他們母子做出什麼衝動的事來，至少在我們不能保證有足夠的勝算以前。」

「為什麼不現在就……」表姑姑做出了一個用刀抹脖子的動作，話中的意思已經明瞭。

我搖了搖頭，刻意壓低了嗓音。「如果現在起兵，師出無名，天下不服，此乃出師征戰之大忌。現在我們唯有韜光養晦方可絕地反擊，等到我誕下皇子，那就是上官皇朝名正言順的太子，到時候起兵擁立新帝，我就可以作為太后垂簾聽政，這樣方可堵住天下悠悠眾口。所以您現在一定要忍耐，我們都要忍耐。」

「看來哀家真是老了，不過幸好司徒家後繼有人。」表姑姑感嘆道，言語中混合著的無奈和慶幸讓我心底生出幾許唏噓。

「姑姑，我看您老人家還是回長陽殿去吧。沒有什麼特殊的情況，您老人家就暫時不要再回皇宮了。這趟渾水您能避開就避開吧。」我小聲提議道。現在這個時刻越是低調越是方便行事。

「嗯，哀家知道了。那這件事妳準備如何處理呢？」表姑姑問得小心翼翼，恐怕她心裡也知道這個事件的棘手程度。

「這個嘛，您老人家就不要操心了，我自會想辦法的。」我輕輕地拍了拍表姑姑的肩，安慰她道。可是我卻聽見有個小小的聲音在心底問自己：我真的可以想辦法度過這一難關嗎？我開始發現上官裴是個很沈得住氣的人，即使親生母親危在旦夕，他還是可以做到日日早朝，夜夜笙歌，每晚如常去各位嬪妃的寢宮。

當然，除了昭陽殿。

大哥捎信進來，給二哥賜婚的聖旨已經擬好，擇日就要在群臣面前宣佈，看來此事已經沒有斡旋餘地。而近日又發生了一件事，令父兄更加不安，也使我開始重新打量起後宮中的某個人來。

前幾日現任兵部尚書宋捷允上奏准請皇帝允許他告老還鄉，並同時竭力推薦前任兵部尚書丁紹夫之子，丁夫人的一母長兄丁佑南接替他的位置。這個丁佑南從前跟在皇帝的堂叔襄陽王上官爵左右，雖然威名不如我二哥，但行軍打仗還是很有一套辦法。此次宋捷允一提出由他接任兵部尚書的位置，好幾個內閣大臣都立刻附和贊同，像是早有商量一般。父兄雖不情願，但也不想反對得太過明顯，讓人認為司徒家有獨霸朝政之野心。於是任命丁佑南為兵部尚書的聖旨，將隨著給二哥賜婚的聖旨同時昭告天下。

大哥口信的最後一句話便是「小心丁夫人」。

這個看上去病懨懨的女人，也許並不如我想像中的簡單。

她的娘家在短期內迅速崛起，除了上官裴的大力扶持之外，恐怕也是多年處心積慮，積極準備的結果。難不成我這個皇后的位置她也想取而代之？那勢必就要將整個司徒家族都連根拔起才行。

那日在禧陽殿中我偷聽到上官裴對丁夫人的承諾，驀地又迴響在我的耳邊——

「采芝，妳不要擔心了。妳養好身子，替我養個白白胖胖的娃娃。如若神靈保佑，是個小皇子，我一定會讓他做太子，將來繼承大統的。」

上官裴！丁夫人！我們走著瞧吧。

表姑姑兩日後就啟程返回行宮長陽殿，並告知皇上由於身體不佳，外加此次所受驚嚇不小，短期之內不會再回皇宮。上官裴當然樂得見到她的離去，所以也並未多加挽留。而我也決定在這一天一大早去景秋宮探望一下被軟禁多日的莫夫人。莫夫人應該是上官裴的一根軟肋，那就先從她下手吧。

景秋宮是歷代廢妃庶人被關押的地方，有不少落難妃子因為受不了被廢後的生活，在景秋宮裡自行了斷，所以私下大家都認為景秋宮內陰氣太重，積怨甚深，是個很不吉祥的地方。甚至有些宮人宣稱在午夜時分經常聽到從景秋宮傳出的哭泣嗚咽聲，讓人對景秋宮更加敬而遠之。景秋宮的執事姑姑陳姑姑是個很凶悍的女人，她的做事風格一向是以冷酷無情著稱，要在她手下討得半天好日子過，無疑是與虎謀皮。

雖然關於景秋宮的傳聞我聽得很多，但從未親身涉足其中。今天第一次來，看見的滿目瘡痍還是令我始料未及。空無一人的庭院和堆滿枯葉的走道烘托出陰森恐怖的氣氛，屋簷下邊結著的蜘蛛網和欄杆扶手上厚厚的灰塵竟然使我的情緒也不由自主的低落起來。

「喲，這裡真不是人住的地方呀！」許姑姑在身後小聲地嘀咕著。

突然，一個念頭閃過我的腦海——這個地方就是上官裴和莫夫人捱過十八載歲月的所在！上官裴自一出生到成年，都是在這個環境中度過的，那是什麼樣的生活呀？從小錦衣玉食的我不能想像，也不願想像。

突然從側門竄出一條高大凶猛的黑犬，齜牙咧嘴地就衝著我撲上來。我驚恐地往後一退，不由自主地低呼一聲。幸好孫參將已經趕了過來，作勢抬腳就要踢去。那條狗見形勢不對，驀地停步不前，但還是衝著我猛吠不止。

「娘的！誰呀？大清早的就來擾老娘清夢！」從內屋裡傳來一聲女人的怒吼，不一會兒，內屋的門咿呀一聲開啟。陳姑姑披著夾衫，打著連天的哈欠走了出來。

「陳姑姑，妳放肆！看見皇后娘娘還不下跪行禮！」許姑姑厲聲喝斥道。

這一記猛喝讓陳姑姑頓時清醒不少，三步併作兩步下了臺階，順便對那條黑犬打了個響指，那條黑犬就乖乖地回到內屋去了。

只見陳姑姑連滾帶爬地跪倒在我面前。「小的不知皇后娘娘駕臨，沒有迎駕，實在該死！皇后娘娘千歲千歲千千歲！」她偷偷地抬眼瞥了我一下，又迅速低下頭去做溫順狀。

我不願與她多作計較。「起來吧。本宮特意來看望一下莫太妃。」

「噢，那賤貨——」突然發覺自己失口，陳姑姑馬上糾正道：「噢，莫太妃在西殿歇著。娘娘先去正殿用茶，奴婢馬上叫她來。」她賠笑道。

「不用了，本宮過去就行了。妳領路吧。」

「這……」只見陳姑姑面有難色。「西殿陰暗潮濕，娘娘這樣的金貴鳳體，怎麼能去那種地方？還是讓奴婢把她叫到正殿吧？」她的語音明顯低了下去。

「是妳是皇后呢，還是本宮是皇后？」我語氣凌厲了起來。「要妳告訴本宮如何做？」

陳姑姑的額頭已經滲出一排冷汗，忙說：「奴婢不敢！娘娘這邊請。」說完，她躬身做了個「請」的手勢，在前面帶路。

見過前面的慘澹景象，我以為我不會再對西殿的破敗感到吃驚。可是我還是錯了。西殿比我想像的更糟糕，連扇像樣的門都沒有，窗戶紙也大多破了。外面的陽光好像也不願踏足殿內，雖然門洞大開，裡面還是陰暗得可以。

我不禁動怒。「不是讓妳們好生伺候著嗎？為什麼讓莫太妃住在這種地方？」

「這……這是莫太妃以前住的地方，所以……」陳姑姑已經嚇得大氣也不敢出。

「什麼?!」我的心中一驚。以前住的地方？難道這裡就是莫夫人和上官裴度過十八年歲月的地方嗎？現在我大概可以瞭解上官裴對司徒家的恨意為何如此之深了。

「你們都退下吧，本宮要和莫太妃單獨說會兒話。」我交代下去。踏入西殿，撲面而來的便是濃重的黴味還有便桶的臭味。屋內光線很暗，唯有進門的幾丈內有些光線，稍遠處便看不真切了。我粗略地環顧一下四周，竟然一個人也沒有，心裡不禁生出一些害怕的念頭。

「太妃娘娘。」我抬高嗓音叫她的名字。沒有人回應。

我緩緩穿過西殿，向後面的小花園走去，右手緊緊地抓住袖筒內的匕首。雖然已是深秋，我卻因為緊張已經香汗淋漓，褻衣都黏住了背脊。

走著走著，不經意間，後花園已經躍然面前。西殿的陰暗和室外的陽光形成鮮明對比，讓我一下子睜不開眼睛。在通入花園的門邊駐足了一會兒，才定睛打量起這個花園。

花園小小的不大，卻被打理得很乾淨。花園的一隅有一道紫藤長廊，雖然已是深秋，紫藤的葉子還算稠密，陽光便從縫隙間斑駁地投射下來，在地上映出光與影的變奏。偶爾秋風拂過，黃黃的紫藤葉隨著秋風緩緩飄落，像展翅而飛的金色蝴蝶一般。長廊下放著一張石凳，上面端坐著一個婦人，正抬頭仰望著長廊，伸手試著要接住飄落的紫藤葉。

她背對著我，我不知道她是不是就是莫夫人，試著抬高嗓音又叫了她一聲。「莫太妃？」

那個婦人聞聲一愣，緩緩地回過身來，看見我，倒也沒有顯出太大的驚訝，只是平靜地看著我。我們之間雖然只有隔開十來丈，卻好似有條鴻溝般，兩個人就如此對峙著，沒有人願意跨出這第一步。

與我對視了半晌，她終於慢慢站起身來，復又輕輕下跪。「皇后娘娘是來送我上路的嗎？」她的聲音輕得好像馬上就要被秋風掩沒。

「莫太妃，快快起身。」我幾步上前將她攙扶起來。「今天本宮不是以皇后的身分來的，而是以妳兒媳的身分來的，妳萬萬不可對我行如此大禮，真是折煞晚輩了。」我抬手示意讓她起來，她卻跪在那裡像生了根一樣，一動不動。我拉不動她，只能徑直走到紫藤長廊下，欣賞著這生長茂密的美麗植物。「這紫藤是妳種的？」

說起紫藤，莫夫人的眼睛突然一亮。「嗯，這是我種的，裴兒最喜歡紫藤了，跟他父皇一樣。」

她的臉上被碎金般耀眼的陽光照著，明滅閃爍間別有一番韻味。我不禁生出一絲無奈的笑，看慣司徒家美人的我，竟然開始覺得這個莫夫人別有一種異樣的美麗。若是讓表姑姑知道了，還不知要做出什麼瘋狂的舉動來。

聽到她這麼柔情萬種地提到先皇，我的好奇心不禁被吊了起來。「當年妳與先皇……」

一陣風兒吹過，耳邊皆是紫藤葉沙沙的響聲。我彎腰將莫夫人輕輕扶起，兩個人的身影被金黃色的漫天飛葉籠罩著，寧靜而安詳。

當我再次跨出西殿時，已是一個時辰以後。

許姑姑看見我出來，馬上示意宮女們在我身後撐起華蓋，遮住陽光。

我轉身向許姑姑交代道：「今晚待本宮跟皇上稟告過以後，明兒個一早妳就讓人幫莫太妃搬回汾陽殿吧。」

「嗯？」許姑姑不解，雙眉緊皺。

我卻早已移步走了出去，這個景秋宮確實不是人待的地方。我隱在長袖內的右手此時摸著的並不是冰涼的匕首，而是一塊溫潤的美玉。我的拇指輕輕地畫過玉珮表面上的凸紋，腦海中剛才初見這枚玉珮的震驚還歷歷在目。

玉珮上先帝親筆篆刻著的這七個字：兩情若是久長時。

我當然是知道秦觀這首名作〈鵲橋仙〉的。

這一句「兩情若是久長時，又豈在朝朝暮暮」。

第十八章　總為浮雲能蔽日

華燈初上，月上柳梢，夜晚的宮城瀰漫著靜謐的美。我款款走在前往朝陽殿的宮道上，身後是迤邐著的長長裙襬。我的臉是緋紅的，心是忐忑的，這是我大婚後第一次步入朝陽殿，這個象徵著最高權力的殿宇讓我突然間無限嚮往。

站在朝陽殿高高的臺階上，我回頭看了一眼身後夜幕中的上京。遠處萬家燈火，京城的繁華從這燎原之火一般的星星燈光中就可以窺見一二。晚風迎面吹來，站在高處的我不禁打了個寒顫，果然是「高處不勝寒」呀！可是沒有到過這裡的人，又怎知，這邊風景獨好呢？

「奴才參見皇后娘娘。」身前突然冒出的一句，著實嚇了我一跳。原來是張德全，在朝陽殿門口對著我下跪行禮。

「張德全，麻煩你通報皇上一聲，就說本宮求見。」我和顏悅色地對他說。

「這……」張德全面露難色。「娘娘，皇上交代下來，說身體不適，想早點休息，任何人都不得打擾。」

「皇上身體不舒服嗎？」我朝殿裡張望了一下，裡面燈火通明，不像是這麼早就就寢休息的樣子。「宣了太醫看過沒有？」我追問。

「嗯……」張德全欲言又止。

我心中狐疑頓生，剛想開口，就聽見從殿內傳來一句——

「是皇后娘娘吧？臣妾參見皇后娘娘。皇上讓娘娘進去。」

來人行到我面前盈盈欠身，說話的當口抬眼與我對了個正著。我定睛一看，不是丁夫人，更是何人？

她的目光直視著我，也不迴避，雙目炯炯有神，一點病態也不見。我不防她如此無禮，倒先是一怔。等我反應過來時，她卻已經低下了頭，彷彿剛才什麼也沒有發生過。

我答應了一聲，提起裙邊向裡走去。沒走幾步，就聽見丁夫人柔柔地回稟了一句——

「那臣妾告退了。」她也直起身來，向榮陽殿的方向走去。

與我擦肩而過時，我突然瞄到她耳根的頸脖上一片緋紅，我的心突然漏跳半拍，那不是吻後的痕跡嗎？

「丁夫人。」我叫住她。

她一愣，轉過身來看向我，手卻不由自主地護住了小腹。

我淺淺一笑。「改天本宮要在昭陽殿好好地和丁夫人聊聊體己話。」

她的嘴微微張開，露出驚訝的表情。

我微微一笑，不等她答覆，便款款走了進去。

「臣妾參見皇上。」我向上座的上官裴行禮，他卻沒有反應。我抬頭看去，只見上官裴一身灰色袍服，臉上略有倦容。他右手握著酒盅，人懶懶地斜靠在那裡，別有一番慵懶的氣度。

「朕聽說皇后今日去景秋宮審過莫太妃了。」照規矩他只能喚她莫太妃，即使心裡千百個不願意。

聽他的語氣，竟然已經有些微微的醉意。

我在他右側挑了個座位坐下，刻意與他保持了一點距離。不知為何，有些微醉的他竟然讓我生出一些害怕的感覺來。「是的，臣妾今日的確去看望過莫太妃了。」我稍有改動地重複著他的話。

「那皇后準備如何處置呢？」他饒有興趣地看著我，顯然也注意到了我用詞上的變化。

「這件事臣妾已經查清楚了。汾陽殿的內侍李喜兒被莫太妃責罵，懷恨在心，所以放火焚燒慈陽殿，妄想嫁禍謀害莫太妃。現在這個李喜兒已經畏罪自殺，這樣的罪行本該滿門抄斬，奈何這個李喜兒家裡唯剩寡母和兩個年幼弟妹，皇上新帝登基，廣赦天下，臣妾就斗膽作主，饒過這母子三人，以顯皇上仁君本色。臣妾已經吩咐下去，待回稟過皇上以後，明天一早許姑姑就會幫莫太妃搬回汾陽殿。皇上認為臣妾處置得如何？」說話的時候，我一直盯著他的表情，不願錯過一絲一毫的變化。

「噢？」他放下手中的酒杯。「皇后認為此事只是因為宮中內侍不服管教，蓄意報復這麼簡單？」微有醉意的他搖搖晃晃地從椅子上站起來，幸好及時抓住扶手，否則眼看就要摔倒。

可是他話中帶話，我倒開始懷疑他是不是真的醉了。

「那皇上認為整件事究竟是如何一個來龍去脈呢？」我心裡雖然一緊，但語氣平靜，我料定他即使滿腹疑竇，但手中應該並沒有真憑實據。

「噢，朕也只不過隨口問問。皇后能夠這麼快查出事情的始末，為莫太妃洗刷不白冤屈，朕也很欣慰。」他一下子跌坐進鋪滿靠墊的軟椅中，哈哈大笑起來。「皇后真是能幹呀！不愧是司徒家的皇后！」他越笑越大聲，笑得胸口上下起伏，差點岔了氣。

而我則完全一副冷眼旁觀的樣子，一點也不想分享他莫名其妙的喜悅。

「皇上……」我稍一停頓，掂量著自己將要說出口的提議會遭來他如何的反應。這一停頓，倒也引起了他的興趣，他收起笑容，恢復到嚴肅的神情看著我。

「臣妾接掌後宮時間不長，後宮的各項秩序尚待整頓。上次出現了大內侍衛假傳聖旨謀害臣妾的陰謀，這次又有宮廷內侍縱火報復的事件，臣妾以為每個宮殿中都必須要加緊警衛才行。」我看見上官裴握住酒杯的手又慢慢放開，雙目精光爍爍地直視我，看得我倒有一絲驚慌。

不過我馬上就穩了下來，繼續道：「特別是丁夫人的滎陽殿。」我對著上官裴展現出一個媚人的笑容，因為這才是我這番話的重點。

「丁夫人現在身懷龍種，對江山社稷來說也是非常重要。後宮之中出了這麼多事，在臣妾將所有人的身家背景調查清楚之前，臣妾是絕不放心讓這些人保護丁夫人的安全的。所以臣妾決定從京中御林軍中挑調精幹士兵三十人組成衛隊，在丁夫人產子之前不分晝夜保護滎陽殿的安全。」我一口氣地說出，不讓上官裴有插嘴的機會。

上官裴只是一愣，半晌沒有說話。我竟然可以清楚地看見他的眼神裡浮現出類似於母獸保護幼仔的警覺。

「皇后這樣做，朕倒覺得更有擔心的必要了。」他語調輕鬆，看似玩笑地將此話說出。「誰不知御林軍都統戚大人是皇后娘娘的表姊夫，讓御林軍保護丁夫人母子的安全，朕覺得不妥。」

這是我們兩個之間第一次有了正面的意見分歧，竟然是為了丁夫人，所以我更不打算退讓。

「怎麼，皇上是覺得臣妾會由嫉生恨，對丁夫人不利？」

他雙眉緊皺，聲音中分明透露出不屑。「難道司徒家的皇后中沒有這樣的先例嗎？」

「如果臣妾是這樣的人，那莫太妃今天就不會活著走出景秋宮了。」我加重了語氣，提醒著他這一事實。

他只是冷眼回看我，過了好一會兒，才稍微緩和了些語調。「朕不是這個意思。」

「那皇上是信不過司徒家？」我追問。

「司徒家族是上官皇朝的元老功臣，朕怎麼會信不過呢。」他說得輕描淡寫。

「既然不是皇上信不過，難道是丁夫人對司徒家族另有想法？如果是這樣，那將丁夫人的妹子許配給臣妾的二哥，說什麼親上加親，不是太可笑了嗎？」我咬緊不放，因為緊張，上身微微前傾，額前的散髮隨著語調的起伏上下飄動。

「皇后多慮了。丁夫人一個弱女子，哪裡會對司徒家有什麼想法？」上官裴極力要撇清丁夫人的嫌疑。

「那就好。既然大家都沒有問題，那就這麼定下來吧。臣妾會盡快挑選合適人選，最晚在三天內送去棨陽殿。有了他們的日夜保護，丁夫人應該可以高枕無憂了。」我想此刻我銀鈴般的笑聲聽在上官裴耳裡必定是刺耳非常吧。

上官裴也隨著我笑了起來，原來所謂的心照不宣是這個意思，我不禁暗暗覺得好笑。只聽見他邊笑邊重複著。「很好，很好！」雖是笑著，卻有些咬牙切齒的感覺。

正在此時，張德全走了進來，看見我在座，略微一遲疑，不過還是馬上恢復了鎮定。「啟稟皇上，是時候起駕平陽殿了。」

張德全說話間頭埋得很低，不過我還是看見他的眼角偷偷地瞄向我。平陽殿，是宋昭儀的寢宮。

「那麼臣妾告退。」我的嘴角仍然帶著剛才的笑容，姿態優雅地站起身來，長長的裙襬在我轉身間在身後劃出漂亮的弧線。

才走出不過兩、三步，我就聽見上官裴慵懶的聲音響起——

「張德全，去平陽殿傳話，說朕不過去了。皇后娘娘今晚會留宿朝陽殿。」

我的腳步剎那間停下，雙拳不由自主地緊緊握住。好一個挑撥離間！因為我的關係，他取消了原定去平陽殿就寢的計劃，宋昭儀必定記恨於我，他這樣做無非是要為我在宮中樹敵。嫉妒的力量有多大，我在表姑姑的身上已經看到了。而任何女人都是嫉妒的，只是程度不同罷了。

「皇上，既然答應了宋昭儀要過去，那就過去吧。君無戲言呀！」我回頭看向身後的上官裴，看似嬌俏地打趣道，卻不料他已經走到了我的身後，與我之間只不過一臂之遙。我一驚，不由得向後退了一步。他卻似早已料到一般，一伸手已經環住了我的腰，猛地用力將我一把拽近，擁入他的懷抱。他口中淡淡的酒氣呵在我的臉上，我瞥了他一眼，低下頭去。

他將笑非笑間，雙眉輕挑，神情竟然透出些許調皮，將嘴湊近我的耳朵。「妳不是迫切想要個皇子嗎？若不侍寢，哪裡會有朕的孩子？」

說完，竟然一口含上了我的耳珠。

我全身一陣酥軟，拚命要從他懷裡掙扎出來，卻力不從心。

他也不放鬆，只是拖著拽著，將我向內殿拖去。

「皇上，張德全還在呢？」我實在無話可說，只得找些話題妄圖分散他的注意力。

張德全果然一臉無辜地在旁仔細研究著地面的花紋，因為皇上並沒有讓他退下，他只能乖乖地杵在那裡。

「那就隨朕去內殿吧。」他低低的話語混合著輕輕的笑竄入我的耳中，我被他緊緊地箍在臂彎中，躲也無處躲，臉早已是霞色緋紅。

珠簾低垂，紅燭漸滅，喃喃私語，一夜春光……

第二天我醒來時，上官裴已經早朝去了。昭陽殿的宮女侍衛都已在殿外等候，準備接我回宮。我四下一望，許姑姑卻不在人群中，心裡明白她必定是去景秋宮辦事了。粗粗洗漱完畢，便帶著一干人等欲回昭陽殿。

才跨出朝陽殿的大門，就看見許姑姑慌慌張張地跑來。只見她臉色慘白，一路小跑過來，跑得很急，差點被最後一級臺階絆倒。若不是孫參將眼明手快，恐怕早已滾落臺階。

「娘娘，不好了！」許姑姑驚魂未定，還一個勁兒地喘著氣。

「什麼娘娘不好了？大清早的說這不吉利的話！」我微微慍怒。

「娘娘，我今早按妳的吩咐去景秋宮，沒想到……沒想到……」豆大的汗珠從許姑姑的額頭滑落，我突然有了一種不好的感覺。

「莫太妃懸樑自盡了！」

「什麼?!」我只覺得眼前一黑，一下子便癱坐在地上。

第十九章　愁牽心上處，和淚寫回書

許姑姑急著在為我用手搧風，而我還是軟綿綿地癱坐在地上，一點力氣也沒有。就在她要上來用力地掐我人中時，我突然想起了一件更緊要的事。我揮袖擋開她的手，掙扎著要起來。見此狀，身邊兩個宮女馬上從兩側將我攙扶起來。

「許姑姑，皇上知道了嗎？」我的胸口仍然像是剛剛被人重重擊了一拳一樣，從裡面透出隱痛。

「回娘娘的話，景秋宮的陳姑姑已經差人回稟過皇上了。皇上立刻就退了朝，往景秋宮去了。」許姑姑頓了頓，又說：「皇上很震怒，連鑾輿也沒有用，是自己一路疾跑過去的。」

「妳有沒有仔細問過陳姑姑，怎麼會好好的就上吊了呢？」我擔心自己會聽到最不願意聽到的消息。

「陳姑姑說，昨兒個自娘娘走後，莫夫人就一直把自己關在房間裡，誰都沒見。今天一早，陳姑姑陪我去西殿，門推開，莫夫人就已經……」許姑姑也說不下去，原來她也明白了事情對我是多麼的不利。因為，我是最後一個見到莫夫人的人。

如果她是自盡，那上官裴必定以為是我對她說了些什麼，施加了什麼壓力，她不得已才會走上絕路。如果她是被人謀害，那我的嫌疑最大。無論這件事是什麼樣的真相，我都不可避免地被拉進了深淵。莫夫人為什麼要把我陷入如此的兩難境地？難不成那天在西殿她對我的那番真情表露都是為了麻痺我，好在我最不防備的時候給我致命一擊？如果是這樣，那莫夫人，妳的目的達到了。

正在我思考的當口，突然有個內侍一路奔跑著朝我們這兒來。

他一步幾級臺階地跑上來，跪下行禮。「小的受胡公公吩咐，有重要事情稟報。」

他口中的胡公公就是我安插在上官裴身邊的胡德。我認識這個內侍手中的那塊權杖，那是我交給胡德的信物。

許姑姑向周圍的宮女內侍使了個眼色，大家紛紛轉身，臉朝外地向四周走去，在約十丈開外的地方停下，在我身邊圍成一個半弧，只有許姑姑和孫參將還是在我的身邊寸步不離。

「有什麼話，你起來走近了回。」許姑姑吩咐他。

他爬起來，彎腰走近，壓低了嗓子。「皇上看見莫太妃的屍體後，十分傷心。驗屍過後，說莫太妃大約是昨天一早死的，死亡時間大概就是在娘娘離開景秋宮的時候。皇上聽了，大發雷霆，說……」他停了下來，一副為難的表情。

「說什麼？」我激動起來。

他又走近了一點，聲音也已經輕得幾乎不可聞。「皇上說，要讓娘娘血債血償。胡公公聽到皇上密召京畿營入宮，應該馬上就過來了。而且所有的宮門已經都落鎖，除非有皇上的聖旨，誰都不許出宮。」

京畿營？我的耳朵忽然間嗡嗡作響。他，竟然傳了京畿營入宮！

當年幫助上官達奪取天下的，除了我們司徒家族出力最大以外，還有其他三大家族也付出了慘痛代價。望西的李氏家族，襄陽的郭氏家族，還有建康的宋氏家族。上官裴後宮中的郭婕妤和宋昭儀即來自這兩個家族。司徒家族因為世代與上官皇朝結為姻親的關係，三朝之後就脫穎而出，呈現一枝獨秀的態勢來。而這三大家族的子弟雖不如司徒家的子孫一樣風光無限，但出類拔萃的也不少。這三大家族子弟中的菁英在年輕時都必須加入京畿營作為鍛鍊成長的一部分，唯獨司徒家族的子弟不允許加入京畿營，其實這也是歷代皇帝為了防止司徒家族外戚獨大而設立的一種牽制。京畿營自此以後，就成為了皇帝們最信賴的嫡系部隊，雖然編制在御林軍中，但除了皇上的命令，他們絕不聽命於其他任何人。雖然京畿營不過區區三萬來人，但因為都是從能征善戰的三大家族中層層選拔出來的，所以說它足以以一抵十也不為過。

上官裴竟然調動了京畿營，難道他等不及現在就要對我下手了嗎？如果對我出手，那上官裴必定不會放過大宰相府裡的所有人。而在制伏我們這些人之後，他可以用我們作為誘餌，誘捕脅迫二哥就範。莫夫人上吊的事距今不過一個時辰都不到，京畿營入宮說明上官裴首先想制伏的人是我，然後才是宰相府。我必須現在就要將這個消息通知宰相府裡的人，讓他們可以及早應對。可是現在宮門被封，沒有上官裴的聖旨，誰都出不去。

我該怎麼辦呢？

我渾身的力氣像是被吸走一樣，軟綿綿的雙腿不聽使喚，幸好孫參將此時在我身旁扶了一把。在這三個月中，我對這個三十開外的漢子漸漸產生了一種類似對兄長一樣的依賴。他平時話不多，但凡是開口總是可以給我一種安穩的感覺。

「娘娘，您放心，無論如何，末將都會誓死保護您的安全。末將答應過戚統領，無論是誰，都不能在末將還有一口氣的時候，危及到娘娘。」說話時，他還是低著頭看向地面，顯示著對我的無比尊敬。「連皇上也不能！」

這最後一句，像是一股暖流一樣貫穿了我的全身，一下子給了我力量。是啊，我現在怎麼能夠不知所措，在這裡只知道慌張呢？我要顧及的不僅是自己，還有昭陽殿上上下下近百條人命，更不要說大宰相府裡我至親至愛的人。

「娘娘，妳看！」許姑姑伸手指向遠處。

我循聲望去，一個一百來人的紫色軍團向我站立的方向走來。紫色正是京畿營的專用色系，象徵紫氣東升，勤王匡正。

他們，來了。

「洛兒！」我大聲喚出。

一個一身藕色衣裙的小姑娘立即從不遠處應聲跑來，她的臉蛋因為緊張而脹得通紅，眼睛左右忽閃，透露出機警，顯然她也從這陣勢上看出了昭陽殿此刻所面臨的是如何的險惡形勢。

「娘娘，有什麼吩咐？」她的聲音清脆響亮。

我沒有想到，一個還不到十五歲的孩子，此刻的臉上流露出來的，是讓我也不禁震撼的大義凜然。這個也是從平南出來的孩子，我可以信任妳嗎？

「妳馬上找個地方躲起來，不管這裡發生什麼事，都不許出來，妳聽到沒有？」我的語速很快，生怕自己沒有時間交代完我該交代的事情而釀成大禍。洛兒只是安靜地聽著，不住地點頭。「等到我們走遠了，妳趕快回昭陽殿，但是要小心，可能會有人把守昭陽殿。妳從小廚房的偏門進去，找到許姑姑的房間。在許姑姑的枕頭底下，有一支令箭，妳把這支令箭放在平地上點燃就可以了，知道嗎？」我的雙手緊緊地捏住洛兒的肩，指甲甚至掐進了她的衣服。但她不顧疼痛，還是神情專注地看著我。

「洛兒，無論如何，妳一定要將令箭發出。」我的眼淚奪眶而出，雙腿突然之間就一軟，跪倒在地上。「我的命，昭陽殿大夥兒的命，司徒家所有人的命，甚至平南很多人的命，就在這一線之間了。所以拜託妳了！」這是我第一次在宮女面前沒有用「本宮」這個稱謂，因為我現在只不過是一個渴求一線生機的普通女子。

「娘娘……」洛兒的聲音有些顫抖。「就算洛兒拚著一死，也一定會將令箭放出的！娘娘您就放心吧！」說完，她就地對著我磕了三個頭，便一溜煙地消失在身後的層層廊柱後。

我直起身來，輕輕地撫平了衣裙上的縐褶，緩緩抬頭看向遠方，那一抹令人心驚的紫色愈來愈近。我轉頭看向孫參將，只見他的右手緊緊握住自己的劍柄，連指甲都因為用力而變成了白色，雙唇只是抿著，眼光卻是堅定。他身後所有護衛我的御林軍士兵也跟他如一個模子裡刻出來一般，都好像隨時願意為了保護我而銀劍出鞘，血濺當場。

「孫參將。」我叫他。

他的瞳孔突然一收縮，回頭正對上我的眼眸。「娘娘。」他的聲音略微有一些嘶啞，他的眼睛泛著紅絲，那是一種準備拚死一搏的無畏。

「傳本宮的命令，讓你的屬下不許抵抗。本宮不想看見無畏的犧牲。」我的聲音平靜。

「娘娘，我們都不怕死。為了娘娘而死，是我們的榮耀。」他的聲音低沈，眼光中卻閃耀著近乎崇拜的執著。

「本宮知道你們都是勇士，無畏生死。但是以卵擊石而犧牲值得嗎？對方是來勢洶洶的京畿營，我們這裡不過三十來人。本宮命令你們放棄抵抗，因為我要你們活著，跟我一起活下去！」我最後一句話說得很響，在場所有的人都可以聽見。他們全部轉頭看向我，眼神中只有同仇敵愾。

「許姑姑，本宮看上去還美麗吧？」許姑姑詫異地看向我，這句搭不上邊的話任誰聽了都會跟她一個反應。

我的臉上浮現出一抹苦澀的笑容。「司徒家的皇后即使要做階下囚，也要漂漂亮亮的。要不然玷污了司徒家歷代母儀天下的口碑，我有何臉面去見歷代的先祖？」

「小姐……」許姑姑隱忍不住，終於回過頭去抽泣起來。

我不禁心想，其實事情弄到今天這般田地，我已經沒有什麼臉面去見各位列祖列宗了。

「末將京畿營李熙榮參見皇后娘娘。」一個長身玉立的男子帶頭向我行禮，他身後的所有紫衣將士紛紛下跪，也向我行禮。

我抬手讓他們起來說話，這個叫李熙榮的校尉有著一口好聽的望西口音，乾淨俐落爽脆，彷彿咬下甜滋滋的甘蔗一樣爽口入心。

「皇上下令，讓在下請娘娘帶昭陽殿所有人移駕景秋宮。」他語氣平和。

「請？讓京畿營這樣的大張旗鼓、動刀動槍的來請本宮？」我冷笑。

「在下只不過是奉命行事，請娘娘不要為難在下。」他決意不被我激怒，語氣仍然沒有一絲改變。

「本宮不為難你，可以隨你去。但是也望李校尉不要為難昭陽殿的人。」

他做了一個請的姿勢，我提起裙邊，跟在他身後，邁步向景秋宮走去。

身後是京畿營的士兵卸下孫參將等人武器的聲音。過後，這空曠的宮城內便恢復到無邊的寂靜中去，所有人都默不作聲地跟在我的身後向景秋宮進發。

從朝陽殿去景秋宮不過是一盞茶的功夫，這卻是我人生中到現在為止最漫長的一段時間。心裡千百個念頭轉過，卻沒有一個看似能解決問題的答案。而最讓我牽掛的是——洛兒，妳成功了嗎？

「娘娘，到了。」李校尉停了下來。我抬頭看去，破敗的景秋宮與我昨天記憶中的印象絲毫不差。可是才一天的差別，我的心境已經大不同。昨天，我是來審人的，而今天，我是來被人審的。人生的不可預見讓我無言以對。

正在我恍惚出神間，身後突然響起一聲類似於嘯聲的尖細響聲。我猛然回頭看去，天空上突然竄出一條耀眼如火的紅色軌跡，直直地插入雲霄，像是在湛藍的畫布上留下一條鮮豔異常的濃墨重彩。伴隨著一聲連著一聲的爆破聲，這條軌跡越升越高，直至沒入天空的盡頭，妖冶的紅久久不散。

我的嘴角不由得向兩邊翹起。

好樣兒的，洛兒！

第二十章　問蓮根、有絲多少？蓮心知為誰苦

從景秋宮到西殿，這一路上都站滿了京畿營的士兵。滿眼晃著的紫色和與這氣氛不相配的安靜，反而讓我平靜下來。所有的士兵看到我走過，都是一律低頭致意。曾經為這個皇朝噴灑熱血的四大家族，如今不得已地站在為皇權而戰的壁壘兩邊，每個人的心裡恐怕都是五味俱全吧？

我被李熙榮帶到西殿門外，西殿的門緊閉著，雖然破敗透風，但裡面的情形如何，卻看不清楚。

李熙榮叩了叩門。「回稟皇上，皇后娘娘帶到。」

裡面一片安靜，過了半晌，門咿呀一聲被打開，迎面而出的是一身縞衣的丁夫人。衣服的素白和室內的暗淡形成強烈對比，竟然莫名地產生了一種悲傷的氣氛來。

我一愣，抬眼看她，只見她雙眼紅腫，因為哭泣，細弱的聲音還不斷地被哽咽聲打斷。

「皇上讓……娘娘獨自進來，其他人……在外面候著吧。」

為什麼她會在這裡？為什麼每次出現陷我於兩難的事件時，她都會在最不恰當的時間出現？父兄讓我小心她，看來真是一點都沒錯。

我抬腳跨入西殿，與丁夫人擦肩而過之時，滿腦子充斥著的就是這個念頭。這個女人遠比她外表看上去的要可怕許多。

「李校尉，接下來該做些什麼，你應該心裡有數吧？」她的聲音雖還是弱不禁風，卻透露出一股不同尋常的威嚴來。

我一愣，轉頭看她。她的眉目平和，神情悲傷，但是她話語中所傳遞的意思，卻讓我不寒而慄。接下來該做些什麼？這句話使我的腳步不由自主地放慢了下來。他們究竟要幹什麼？

丁夫人在我的身後將門關上，在一聲刺耳的咿呀聲後，整個房間就恢復到了先前的黑暗中。

上官裴也是同樣的一身素衣，背對著我盤腿坐在地上。莫夫人看上去已經僵硬的屍體被他橫抱在膝上，從我這個角度看去，只看得見莫夫人的下半身。她還是穿著我昨日見到她時的衣衫，耷拉在一側的手已經呈青灰色。

那是死亡的顏色。

「臣妾參見皇上。」我馬上將心思收回來，現在不是我考慮其他人的時候。父兄那邊人多主意多，他們一定可以想出辦法共度難關的。可是我現在一人獨處禁宮之內，處境如履薄冰，我必須要集中精神才可以應對。

「妳……為什麼要……對她……下毒手？」上官裴的聲音透露出困獸的絕望，他的語速極慢，短短一句話被他說得支離破碎。

「臣妾沒有。」千般委屈突然湧了上來，我的眼眶剎那間就紅了。「臣妾可以對天發誓，絕對沒有做過任何危害莫太妃的事。」

上官裴輕輕將莫夫人的屍體放平在地上，自己則緩緩地站起來。因為盤腿時間久了，掙扎著要起來間，人有一絲搖晃。

丁夫人見狀，馬上上前扶住他的右臂，輕輕地喚了一聲。「夫君。」

她叫他夫君。

「妳還要狡辯？」上官裴掙開丁夫人的手，猛然回過身來瞪向我。

我不禁向後倒退了小半步，這個眼神我曾經見過，表姑姑提及莫夫人時，便是這樣的眼神。

這是仇恨的眼神。

我剛想為自己爭辯些什麼，卻不料上官裴已經以迅雷不及掩耳之勢，一個箭步衝到我身邊，抬手拽住我的手腕，將我一把拖到莫夫人的屍體前面。由於他用力很猛，我猝不及防間趺倒在地，人向前傾去，臉與莫夫人的臉僅一個拳頭的距離。我哪裡見過這樣的陣勢，不禁大叫起來，慌忙轉頭。但是上官裴的右手固定在我的後頸，不讓我將頭轉開。

「她這輩子根本沒過過一天好日子！很多妳根本不能想像的苦她都忍下來了，現在好不容易有個可以頤養天年、享受天倫之樂的機會，妳卻不讓她有機會享受這唾手可得的幸福！為什麼？為什麼？」他的手狠命地將我的頭向莫夫人臉的方向按去。

他手上的力道很大，我的脖子像是要被他擰下來一樣。我死命掙扎，他的手在我的扭動中鬆開。我剛想脫身站起來，他卻反手一把揪住了我鬆散開的髮辮末梢，狠命一拽，我一下子痛得叫了出來。

這樣的痛我哪裡受過，眼淚決堤而出。不知道從何處來的勇氣，我猛然轉頭在他的手腕處狠狠地咬下去。不一會兒，鹹澀的血腥味充斥在我的唇舌間。他吃痛，不得已放開我。我看準這個時機，從地上迅速爬起，慌忙閃到門邊，才發現自己的後背已經抵著門，無路可退。

我倚在門上，一手支在門上撐著身體，一手捂著自己的胸口，大口大口地喘著氣。

上官裴的左手捂住被我咬傷的右手手腕，雙眼仍是緊緊地鎖在我的身上。「妳連我的血也要嘗一嘗嗎？」

他竟然笑了，俊秀的五官看在我眼裡卻如野獸般猙獰。

他瘋了嗎？我極力地想讓自己平靜下來，如果現在就被他嚇倒，那我就沒有辦法替自己洗脫罪名。不管他相信與否，我還是要表明我的立場。

還未等我開口，丁夫人卻已經一步三搖地走了過來。

「如果妳老實招了，又何必受這個苦呢？」窗外微弱的光線從殘破的窗戶紙間透進來，照在她蒼白的臉上。她的眸子黑得發亮，像狐狸的眼睛閃爍著狡黠的光芒。

她話音未落，我抬起右手已經重重地摑了上去。

她沒有防備，結結實實地就挨了一巴掌，人頓時呆在當場，只知道用手捂住自己的左邊臉頰，一條血絲慢慢地從她的嘴角流下。

「妳算什麼東西，敢對本宮說出這樣的話來！皇上的廢后詔書一天不下，本宮就還是這六宮之主！妳只不過是個後宮的妃子，敢說出這樣踰矩犯上的話來！」此刻的我真正體會到了什麼是玉石俱焚，魚死網破。我已經通知了我的家人，現在也沒有什麼其他牽掛了。如果我今天不能躲過此劫，那我也要有尊嚴的死。我絕不忍受任何人的侮辱，包括上官裴。

我不顧丁夫人嗚嗚的哭聲，挺直了胸膛走向上官裴。「皇上，臣妾懇請您仔細想想。如果臣妾要除去莫太妃，臣妾早就有許多機會。假傳聖旨給臣妾送藥，元美人親口指認莫太妃；中秋晚上火燒慈陽殿，人證物證全部對莫太妃不利。如果臣妾要莫太妃死，她根本活不到今天，臣妾都可以堂而皇之地處置她！但是臣妾根本就不想置莫太妃於死地，臣妾不僅不想讓她死，還想讓她好好地活下去，因為……」說到這裡，我已經淚流滿面。「因為她是我夫君的母親。」

「皇上，臣妾雖然是司徒家的女兒，但臣妾也同樣是一個渴求丈夫疼愛憐惜，希望可以與他白頭到老的女子。臣妾的這個心願從進宮伊始到現在，從來沒有改變過。試問有著如此心願的臣妾，怎麼可能傷害對皇上最重要的莫太妃呢？」我仰頭直視上官裴的眼睛，他的眼眶裡充滿了淚水，漆黑的眸子在水光的反襯下有著攝人心魄的深邃。

他看著我默不作聲，我看出了他眼中一閃而過的痛楚，而後又恢復到了剛才的陰鬱。他手腕的血已經凝結，白淨的皮膚上留下一圈完美的齒印，看來會是個長久的疤痕。

「皇上，臣妾可以體諒您的心情。當年臣妾的阿姊離開人世的時候，臣妾也是……」阿姊這時候從我心底最深的地方冒出來，我的心緒好似被一股強大的力量撫慰，慢慢地平靜了下來。「如果您靜下心來仔細想想，就會知道這事的確跟臣妾無關。臣妾願意幫助您查出事情的真相，但是如果您已經認定這事是臣妾所為，而一心要置臣妾於死地，那臣妾雖無話可講，卻死不瞑目！」

阿姊，妳會在另一個世界等著小妹嗎？

屋內一片寂靜，連丁夫人也收斂了哭聲，大氣不敢出。

上官裴的目光又回到了地上躺著的莫夫人身上，我隨著他的目光看去，已經了無生氣的莫夫人渾身卻透出一種柔和的光暈，而上官裴看向他母親的眼神更加的柔和，彷彿最溫暖的那一抹燭火照耀在最細膩的白瓷上一般。

我小心翼翼地伸出手去牽住他的袖邊。「皇上……」我的聲音顫抖，我甚至可以感覺到喉頭的每一次震動，伴隨著自己急速的心跳。

他回過頭來看向我，狹長的鳳眼微微瞇起，眼神有著片刻的迷離。「皇后……」他的聲音乾澀低沈，但聽在我耳裡，卻猶如夏天的那一眼清泉，讓我舒心。因為這聲音裡沒有仇恨，沒有怨憤，有的只是無助和悲傷。

我剛想抬手擁他入懷，他眼中的片刻迷離卻剎那間不見了。我一怔，他卻已經甩開我拉住他衣袖的手。

正在此時，一陣急切的敲門聲響起——

「啟稟皇上，京畿營宋坤有要事回報。」

「進來！」上官裴的聲音冰冷得像二月的凍霜。

門一下子洞開，一個滿面落腮鬍的大漢大步跨進，下跪行禮。

「人呢？」上官裴急切地發問。

宋坤看見我也在場，不由得停頓了一下，不過這一停頓馬上就被他掩蓋了過去。

他輕咳了一聲，然後繼續道：「京畿營在大宰相府受阻，人沒能帶來。」

我的心一下子沈入谷底，他果然派人去了大宰相府，無非是要將我的家人一網打盡。要不是身旁有一個方桌可以讓我暫時借力依靠，恐怕我的雙腿已經放棄對我身體的支撐了。

「受阻？什麼意思？誰敢攔住京畿營？」上官裴的聲音不由得提高了許多。從敞開的大門外透進來的光線，照得他臉上陰晴不定。

「是大宰相本人。他一手提著寶劍，一手持著先皇御賜的丹書鐵卷，站在大宰相府門口。他說如果沒有皇上當面下旨降罪，無論是誰要想進宰相府抓人，除非踏著他的屍體過去。京畿營不敢妄動。」

丹書鐵卷，俗稱「免死金牌」，上書「恕卿九死，子孫三死」。難怪京畿營不敢妄動，如果對我父親下了殺手，便是置先帝的聖旨於不顧，這是欺君罔上的死罪。這個罪名不要說京畿營擔當不起，我看連上官裴都未必擔得起。

我不被人察覺地輕輕吁了口氣，這一口氣還未嘆完，在一旁久不作聲的丁夫人突然人叫一聲——

「皇上，讓京畿營關閉城門，任何人都不得出入。」

我冷眼橫掃過去，她終於露出了狐狸尾巴！

「回娘娘的話……」宋坤突然面露難色，難以繼續，過了好一會兒，才開口道：「城門已經封閉了。」

我心裡的寒冷兜兜轉轉返到口中，變成了苦澀。他們現在要要脅我們以令二哥嗎？

「不過，是御林軍戚統領派人封閉了城門，連京郊駐紮的兩萬京畿營都不得入城。」宋坤的聲音頹然。

「什麼？」上官裴一步跨到我面前，猛地用力托起我的下巴，將我的頭轉向他。「你們司徒家想造反嗎?!」

第二十一章　孤舟行客，驚夢亦艱難

我直視上官裴的眼睛，心中畏懼全無。如果我現在面對的是一面鏡子，我會看見我眼中正冒著火。「那皇上是想將司徒家族趕盡殺絕嗎？」我反問，語氣凌厲。

他被我問得一時語塞，頓了一會兒，才喃喃地回答：「不是。」聲音全然不及剛才的盛氣凌人。

「那臣妾的家族也不想造反。」我話裡的意思已經很明白了。如果他一心想要剷除司徒家族，那就是君逼臣反，臣無路可退。

上官裴緊縮的眉頭慢慢鬆開，惱怒的神情從臉上如退潮般消退，轉而被頹廢的神色所代替。

丁夫人卻在這個時候走近了跟前。「大宰相一定是誤會了。皇上派人去大宰相府只不過是想請國丈和兩位國舅進宮商議國事，並且協助調查莫太妃自盡的事件，並沒有想要加害的意思。」她的語氣中混雜著甜膩，像大人在哄孩子一樣對我說話。

我心中不屑頓生，這個女人真的以為我只是一個三歲的娃娃嗎？「那丁夫人急忙要皇上關閉城門又算什麼意思？」我反詰。

丁夫人剛才的所作所為，讓我意識到她不僅僅是落井下石、幸災樂禍這麼簡單，而是她——甚至是整個丁氏家族，從一開始就參與了整個事件的策劃和執行！想到這裡，我不禁恨得牙癢癢的。

丁采芝，妳不要有落到我手上的那一天！

上官裴瞪著我看了許久，專注得像是要從我臉上找出解決事件的辦法一樣。不過我想他也許要失望了，面無表情是唯一可以形容我此刻神情的詞語。

他終於緩過神來，深深地吐出一口長氣，轉向宋坤。「京畿營現在有多少兵力在城內？」

「回稟皇上，京畿營現在在城內的不過五千人。」宋坤滿臉的無奈，眼睛只敢瞪著地面的方磚。

「那御林軍有多少人呢？」丁夫人不等宋坤將話說完，趕忙發問。

「御林軍在城內就駐紮了三萬人，城外還有兩萬人。」

我心中冷笑。是啊，難怪她現在終於沒有耐心再裝下去。京畿營就算再神勇，兵力上這樣的懸殊差距，上官裴是不能指望城內的京畿營可以與御林軍分庭抗禮的。戚宇渲與我司徒家的關係何止千絲萬縷，如果司徒家遭難，必定殃及池魚，禍及戚家。他現在膽敢擅自封鎖城門，已經等於是公然表明立場了。以此看來，戚宇渲必然會全力支持司徒家到底，因為他也已經無路可退。

丁夫人一手捧著自己隆起的肚子，一手慢慢拭去額頭上滲出的細密汗珠。

如果說剛才還有半刻的勢均力敵，那現在完全就是司徒家勝券在握了。我略帶得意地看著丁夫人的臉色從慘白變成潮紅，又在一剎那間轉回到慘白。

突然間，丁夫人急速走向上官裴。「皇上，現在這情形，如果皇后娘娘肯寫下一份詔書，說自己願意對莫太妃之死負責，那這先前的諸多誤會便好解決了。」

然後，她面帶微笑地轉向我。「娘娘，如果您肯顧全大局，寫下詔書，您不僅還是可以安心地做皇后，而且整個司徒家族也絕對不會受到牽連的。」

她的笑像油浮在水上一樣，虛假得讓我作嘔。

讓我寫下這樣的詔書，無疑是叫我認罪。有了這樣的文書，便是落下口實，置人話柄，然後上官裴就可以昭告天下，說皇后謀害皇帝生母，那他就可以名正言順地廢掉皇后，堂而皇之地討伐司徒家族。

我心裡的怒火騰騰升起，你們設下這樣的圈套，還指望著我乖乖地自己往裡鑽嗎？

「皇上，臣妾是絕對不會寫下任何承認與莫太妃之死有關的詔書的。」我斷然拒絕。「臣妾沒有做過的事，臣妾絕對不會承認！」

突然間，我聽見丁夫人嬌媚的笑聲。

「那如果皇后娘娘的乳母許姑姑和昭陽殿其他人的性命，都取決於您寫不寫這封詔書呢？恐怕娘娘應該要好好想一想才回答吧？」

她的眼睛笑成了兩彎新月，我一時間卻恨不得衝上去將她的眼珠挖出來。克制著自己，我不得不將指甲狠狠掐進握緊的掌心中，提醒著自己一定不要衝動。

「怎麼樣？皇后娘娘，臣妾讓人去替您準備筆墨，您看如何？」

她還是在笑，笑聲如千萬根針一樣扎進我的耳朵中。她雖然挺著個肚子，但是走起路來還是很輕巧。

我心中又驚又痛，她想用我身邊人的性命來要脅我。她知道我宮中所有的人都來自平南，而司徒家族對於平南有著什麼樣難以割捨的感情，天下皆知，更何況還有許姑姑。我自己的母親從生下我後就身體不好，很多時候照料我、撫養我成長的都是許姑姑，對於我來說，她不啻半個母親。

「哈哈……」我仰頭大笑。「丁采芝，本宮看妳是狗急跳牆了！現在外面是怎樣的情形，妳不會不清楚吧？」我抬起手指著她的鼻尖。「本宮警告妳，妳要是敢動昭陽殿任何一個人一根寒毛，本宮一定會讓妳丁家所有的人陪葬！妳的父母、妳的兄妹，包括妳肚子裡的孩子，都不放過！本宮說到做到！就算妳有本事今天連本宮一起害了，妳以為大宰相府會放過妳，本宮的父兄會放過妳？」我越說越快，指尖已經戳上了她的臉。「所以妳要記住，昭陽殿裡所有人的性命是跟妳家人的性命連在一起的，他們要是活不成，妳的家人也別想活！妳聽明白沒有？」我滿意地看到她的臉色一下子變成鐵青，拚命咬住自己的下唇，不讓惡毒的話脫口而出。我心中憤懣未消，忍不住又加了一句。「妳現在還要不要替本宮準備筆墨啊？」

「夠了！」上官裴忽然大喝一聲。

我和丁夫人不禁都回頭看向他。他眼睛瞇起，像頭隨時會撲上來攻擊人的老虎，薄薄的唇有些微微的顫抖。

「丁夫人，妳趕快回縈陽殿吧，這裡已經夠亂了。」他轉頭不去看丁夫人臉上的驚訝表情，揚聲召喚殿外的侍衛。

「來人啊，送丁夫人回滎陽殿。沒有朕的吩咐，丁夫人不許外出。」他的話音深沈，不願對上丁夫人的眼眸。

「皇上——」丁夫人著急地叫出，顯然還想辯駁些什麼。

「還不快送丁夫人回去！」上官裴命令道，頗為震怒的樣子。

兩個京畿營的士兵趕忙應聲，走到丁夫人面前，低聲說了一聲。「娘娘，請吧。」

她的目光在上官裴身上兜兜悠悠地轉了許久，終於提起裙邊，隨著侍衛出去。轉身的當口，我看見兩條晶瑩的淚痕從她眼角一路迤邐下來。

「你們所有人都出去，朕要和皇后單獨說話。」上官裴揮手讓宋坤出去。

門再一次闔上，我和上官裴的世界又一次陷入黑暗中。但是他的眼眸像是貓的眼睛，在黑暗中格外的耀眼。

「朕其實心裡明白，皇后和莫太妃的死應該沒有關係。」

這樣的開頭不禁讓我側目，我沒有接話，靜觀發展。

「朕痛失生母，是如何的心情，皇后應該可以體諒。而皇后是最後一個見到莫太妃的人，惹人懷疑也是無可厚非。朕只不過是例行問話而已，怎麼會變成現在這樣的形勢，確實令人始料未及。」

他朝我一步步走近，那兩點漆黑的目光看得我心戚戚。

「皇后，朕要妳隨朕親自去大宰相府向國丈解釋清楚。不管如何，從始祖皇帝起，上官、司徒兩家其實就是一家。」他竟然在此刻牽起了我的手。

我的手冰涼，但想不到他的手更涼。我試著要掙脫，他不顧我的掙扎，仍然死命地拽住。「例行問話就要勞師動眾，調動五千京畿營入城圍攻宰相府。皇上說出上官、司徒實為一家的話，怎會令人信服？」我一口氣說出，皇權再重，重不過一個理字。

「皇后，朕知道妳受了委屈，心裡不痛快。妳有什麼要求，儘管提出來，朕願意答應妳。」他還是緊緊攥著我的手，生怕我會逃走一樣。他的臉湊得很近，我甚至可以看見他長長的睫毛在眼睛處投下小小的一片陰影。

我決定測試他的極限。「丁夫人在整個事件中煽風點火，唯恐天下不亂。如果臣妾要求皇上將丁夫人交由臣妾處置，皇上願意答應臣妾嗎？」我抬起眼睛看向他，不放過他眼神中流過的任何情緒變化。「如果皇上願意答應，那臣妾也願意隨皇上去見父兄，親自解釋這個誤會的始末。」我要一個公平的交易。

他攥著我的手突然一緊，然後迅速地就放開，轉身背對著我踱開去。我很耐心地等著他的回答。要讓他第二次將一個懷著他孩子的女人交到我手裡任我處置，對他來說無疑是慘痛的經歷重演。

我一個念頭還未轉完，卻沒料到他快步踱到我的面前。我還未反應過來，他已經一手扳過我的臉，俯身下來吻上我的唇。我一驚，本能地緊閉著雙唇，他的舌頭卻頑固地用力要抵開我的反抗。我騰出雙手，用力推開他，他卻只用一隻手輕易地將我的雙手固定在身後。在這場耐力的較量中，我終於敗下陣來。就在他的舌頭與我的唇齒交纏的當口，我突然感覺到口中多了一樣東西。

那是一顆冰涼的小丸子，有一絲微微的回甘。

我心裡大叫不妙，拚命地想要掙脫開他的糾纏，將東西吐出。但是他用自己的嘴封住我的退路，還是用力地吻著我。我只覺得身體內的氣息越來越單薄，腦中的意識也模糊起來，心裡明白除非我嚥下這粒藥丸，他是絕不會放開我的。我的一口氣眼看就要回不上來，在天昏地暗的一剎那間，這粒冰涼的小丸子已經悄然滑入了我的喉嚨。

他終於鬆開了我，我像一個溺水獲救，剛浮出水面的人一樣，張大了嘴，恨不得一下子能用空氣將自己的肺填滿。可是我顧不上呼吸，連忙將右手食指伸進喉嚨裡，用力掏著，想讓自己噁心，將東西吐出，但是卻毫無用處。

而他也在一旁大口大口的喘氣，同樣的呼吸急促，臉色白得嚇人。

「妳最好……打消了加害丁夫人的念頭……她懷著朕的骨肉，朕……是不允許任何人傷害到她的……」他仍然喘著粗氣，將這句話說得斷斷續續。

「你給我吃了什麼？」我這時也顧不得皇室禮儀，衝上前去一把揪住他衣服的前襟，拚命地搖著，彷彿這樣搖著，就可以把自己體內的那顆藥搖出來一樣。

「這是丁夫人家特製的慢性毒藥。解藥的成分只有丁家人才知道，丁夫人連朕都沒告訴。

這個解藥必須每三天服一粒，否則中毒的人就要心痛發作而死。妳只要不傷害到丁夫人，朕保證每三天就讓丁夫人給妳一粒解藥。」他從自己的袖筒裡掏出一粒解藥。「這顆解藥，妳先服下吧。」

「你無恥！」我聲嘶力竭地叫著，一對拳頭在他的胸口捶得咚咚作響。

「妳不要怪朕，朕這麼做，也是不得已而為之。天下為人父母者，無不要為子女考慮，連朕也不例外。」

他硬是掰開我的嘴，將解藥塞進我的嘴裡。我和著眼淚，不爭氣地將解藥吞服下去。

「你以為用毒藥控制我，就可以牽制住我父兄嗎？」

我別過頭去，不讓他看見我正在流淚。

「雖然朕現在跟司徒家對抗沒有什麼勝算，但若是真的要拚個魚死網破，司徒家傷亡應該也不小吧？刀槍不長眼，困在京城裡的大宰相和兩位國舅未必可以倖免。其實玉石俱焚的準備，不只妳有。」

他一手拖著我，一手將門打開，外面的光線頓時灑滿我們兩個全身，我卻如身處冰窖裡一樣寒冷。

他又回頭看了我一眼。

「皇后又何必做出這種殺敵一千，自傷八百的傻事呢？」

「擺駕，去大宰相府！」他吩咐下去。

我隨著他慢慢走下臺階，他突然回過頭來瞥了我一眼，看見我滿臉的淚痕，不禁微微蹙眉，然後抬起袖子替我小心地掖乾淚水。「剛才的事，妳的父兄還是不知道為好。妳也不想讓家人為妳擔心，更不想因為妳而造成生靈塗炭吧？」

第二十二章　卻下風簾護燭花

大宰相府，父親的書房。

所有門窗緊閉，屋內燈火通明，而屋外被層層的京畿營包圍著，京畿營又被層層的御林軍包圍著。平時御林軍就看不慣京畿營自認高人一等的架勢，現今又不可避免地成為了敵對的雙方，大家都擺出一副「有你無我」的陣勢，互不買帳。可是這樣的劍拔弩張與屋內的氣氛詭異相比，卻又算得了什麼呢？

上官裴與我分坐在上座，父親與兩位哥哥兩側坐開。

兩位哥哥都換上了盔甲，英姿勃發，連我都不禁吃了一驚，平時看慣了他們的儒雅斯文，不曾見過他們的武將打扮，卻沒料到一身戎裝，更襯出他們的氣宇軒昂。

父親同樣是戎裝裹身，手中的劍雖已放下，但是那塊丹書鐵卷還是被他牢牢握在手中。父兄的這身裝束，真的震撼到了我。原來太平日子過久了，真的會使人健忘。我差點忘了我們司徒家今天的榮耀光輝是當年的祖先們浴血沙場，死傷無數換得的。

上官裴坐在我的身邊，安靜地喝著茶，閒淡的神情彷佛只是一個陪同妻子回門看望長輩的女婿。他早已換下了身上的素衣，一身明黃的冠服，格外顯眼。他刻意的換裝無非是要提醒我們，這天下仍舊是姓上官的，他才是真正的九五至尊。

「國丈、兩位國舅，今天的事看來確實有些誤會。朕特意攜皇后一起來，希望可以將事情的始末解釋清楚。對吧，皇后？」

他側臉瞄了我一眼，滿眼的笑意，而我只是直視前方，面無表情。

他打圓場地笑了笑，將自己的尷尬掩飾過去。「國丈，今天的事其實……」他慢條斯理地開口，要將他一路上準備好的托詞在父親面前重演一番。

「父親，今天的事與皇上無關。」我突然開口，在座的所有人都吃了一驚，將目光齊齊轉向我。

上官裴也沒有料到我會突然合作起來，剎那間顯出異常的神色，不過馬上就恢復了鎮定。稍停片刻後，他隨即淡淡地說了一句。「那就由皇后來向大宰相解釋吧。」

他復又端起茶杯慢慢飲了起來，但嘴角的那一抹笑卻沒有逃過我的眼睛。

是的，他在笑。因為他以為我，乖乖就範了。

「父親、兩位哥哥，今天圍攻宰相府的事完全跟皇上無關。」我從容地說出，看見父兄眼中閃爍過焦慮的神色。我心想：*父親，無須擔心！*

「今天的事全部都是京畿營統領郭應海和他的幾位親信一手策劃的。」我說完這句話，就已經看見上官裴放下了茶杯，怔怔地瞪著我。他的吃驚在我的意料之中。我繼續道：「他們藉著莫太妃不幸過世的當口，趁著皇上沈浸在喪母之痛的時候，妄圖發動宮廷政變。但是又怕作為世代忠臣的大宰相府會竭力保衛皇上，所以想先發制人，先血洗宰相府。不過幸好御林軍統領戚將軍在危難時候關閉城門，將在外接應的兩萬京畿營阻截在外，否則後果真是不堪設想。他們眼看局面風雲突變，迫不得已才放棄原定計劃，還陰險地妄想嫁禍皇上。」我一口氣說完，轉頭看向上官裴，溫婉地問道：「皇上，不知臣妾說得對不對？」

我雙眉緊蹙，淚眼婆娑，完完全全是一副驚魂未定的樣子，一手伸向上官裴，他反射性地抬手握住我伸向他的手。在他握住我手的那一剎那，我將指甲深深地嵌進他的掌心。修得尖尖的指甲掐在他厚實的掌心內，我的目光停留在他的臉龐上，滿意地看見他的嘴角微微一抽，雖然明白現在不是耍這種小手段的時候，但心裡還是不可抑制地充斥著報復的快感。我看著他漆黑晶瑩的眸子裡自己微笑的倒影，看著他任由我拚了吃奶的勁將指甲越掐越深，而他的眼神卻只是無奈。我不由得鬆開了勁，他還是這麼靜靜地握著我的手，像是什麼也沒有發生過一樣。

「皇上，皇后說的都是實情嗎？」父親開口問道。

可能是剛才與京畿營在宰相府門口的對峙太過驚心動魄，父親的嗓音沙啞。只見他激動地向前挪了挪身子，人只沾了椅邊的一角。兩位哥哥一語不發，目光卻將上官裴臉上的所有表情變化一一看在眼裡。

上官裴放開了我的手，端起茶杯又飲了一口。這不過是剎那間的停頓，可看在所有人眼裡卻如開天闢地的那刻一樣漫長而別有深意。因為所有人都明白，現在上官裴心裡是如何的驚濤駭浪。

聰明如父兄怎會不知道我剛才的那番話完全就是自編自演的一派胡言？

如果上官裴同意我說的話，那京畿營這幾位被我點名的首領無疑就是滿門抄斬的死罪，即使上官裴費盡心思赦免他們的家人，但是他們本人的死是絕無挽回餘地的。而懲處謀反之人的詔書是要皇上親自頒佈的，那替他出生入死的京畿營又會作何感想呢？他們連命都可以犧牲而捍衛的皇上，竟然在這種時刻為了保全自己而出賣了他們，他們是不是會覺得自己為了保衛皇權而將生死置之度外的想法實在是幼稚得可笑？那試想，有了京畿營的前車之鑑，今後還會有誰願意冒著被所救之人背後捅刀子的危險而替皇上效命呢？這一招以儆效尤應該很有效吧？

但如果他現在立馬否認我說的話，勢必要解釋我身為皇后為何要撒這種彌天大謊，難保不牽扯出丁夫人為虎作倀或是他餵我毒藥的事。也或者我父兄要追問，除了皇上誰還有通天的本事命令京畿營圍攻宰相府？那極力要撇清干係的上官裴還是會被牽扯其中。

他現在真正是如坐針氈，左右為難啊！

不過我想，以他對我剛才的所作所為，做出丟車保帥的事對他來說也不難吧？

長久的沈默，四下無聲。我心裡默默地期待著，自己對上官裴的瞭解雖不算深，應不算太淺。果不其然，他悵悵地嘆了口氣。

「皇后說得一點都不錯。」

聽了這話，本該放下一顆懸著的心的我，卻不禁沒來由地感到一陣酸楚。此話一出，那勢必有人無法活著看到明天的日出了。那一緊竟然慢慢蕩漾出痛來，我第一次被自己的冷酷無情所震撼。我不殺伯仁，伯仁卻因我而死，那痛是愧疚的痛。有那麼些家庭將從此失去兒子、兄長、丈夫和父親。

但為了生存，我沒有選擇。

「那皇上還等什麼？應該立馬下旨將謀反作亂的惡徒捉拿歸案。」大哥立即建議道。

我的嘴角不由得輕輕一抬，大哥的附應已經明確傳遞了他們明白和支持我這麼做的意思。讓上官裴失去京畿營這個重要的左膀右臂，對我們來說無疑是有百利而無一害。我看見父親擋在端起茶杯後的臉上也有一抹淡得幾乎不易察覺的笑容。

「是啊，皇上聖明，應當當機立斷。對於謀反之徒，千萬不能存寬懷之心。必須要殺一儆百，以儆效尤。何況此次作出如此大逆不道行為的暴徒，竟然是出自皇上最信任的京畿營，實在是不得不令人引以為戒啊！」三哥有條不紊地說出這番話。

「皇上，當斷不斷，必受其亂。」父親出面道。「皇上，不如現在就擬好聖旨，讓御林軍將這幾個叛賊緝捕歸案。若有反抗，就地處決！現在御林軍全面控制了京城的局勢，戚將軍又一夫當關守著城門，形勢對我們大好，老臣懇請皇上馬上作出決斷。」

父親的這番話，其實已經是替上官裴定好了聖旨的內容，現在只不過要上官裴謄寫一遍罷了。將京城目前的情況如此跟他說明，他應該也明白不照著父親的意思去做，會有什麼樣的後果。

「來人啊，筆墨伺候！」

父親嘶啞的聲音突然間又恢復了洪亮，讓我不禁也吃了一驚。

看上官裴還在猶豫中，大哥又補充了一句。「皇上宅心仁厚，天下讚譽。所以這次只要處置主謀就可以了，並不需要牽連九族。這與皇上登基後實行的仁政並無牴觸。」

上好的宣紙和皇帝的御筆被擺放在上官裴面前，朱砂御墨散發出幽幽的暗紅。上官裴將毛筆浸進墨汁裡，筆頭刹那間被墨汁染紅，漸漸飽滿起來。上官裴的目光停留在那雪白的宣紙上，右手只是機械地將筆尖舔了又舔。

「皇上，有什麼不對嗎？」父親站起身來，走到桌子前，正對著上官裴。

上官裴緩緩地抬起頭來，看向我父親的眼光竟然有不加掩飾的憤怒。但是勝者為王，敗者為寇，這個道理千古不變。

「皇上，京畿營身為保衛皇上的貼身部隊，竟然出了內賊，實在是令人痛心疾首。戚將軍這次勤王匡正有功，微臣建議在找到合適的人選之前，京畿營就暫時交由戚將軍統領吧。戚將軍對朝廷如此忠心耿耿，皇上應該沒有什麼好擔心的了。」大哥也站起身來，緩緩踱到父親身邊。兩人的影子被燭光拉得老長，投射在上官裴身上。

我在上官裴的身邊，看見他握筆的手有一些些顫抖，而眼前父兄的表情卻混雜著大戰勝利後的疲憊與喜悅。

上官裴終於落筆在宣紙上寫了下去，那第一筆因為下筆很重，淡淡地暈開去。他的字剛遒有力，頗有大家風範。看不出他還寫了一手好字，我心想。我側身看著他，他的眉頭緊鎖，眼睛用力地瞪著宣紙上筆尖走過的地方，好像要用目光將整張紙灼出洞來。

父兄已經退回到了自己的座位上，或是閉目養神，或是品著茶。書房內安靜得只有柔軟的筆尖劃過紙張時那輕不可聞的沙沙聲。

此刻我的心情卻是五味俱全，身邊坐著的人是我的丈夫，再無情無義，畢竟他名義上仍然是我的丈夫。面前坐著的是我的家人，是我能夠在這個險惡的皇宮裡賴以生存的根本所在。我知道心中天平傾向何方，答案已經很明顯了，但是不可抑制湧出的仍然是失落。

心裡很清楚，這樣的平和只不過是雙方鬥爭過程中一個短暫的緩和過渡，雙方都需要趁這個時機喘息休養。我們將來要面對的會是更直接、更殘酷的鬥爭，而我有一個不好的預感，這天的到來已經為時不遠了。

看見上官裴從袍袖裡拿出小印在宣紙的左下角輕輕地按了下去，大哥馬上從座位上彈起，疾步走到書桌前。「皇上，那微臣現在就出去昭告天下。」不等上官裴回答，大哥就從桌上小心翼翼地捧起寫好的詔書，雙手端著捧到面前，輕輕地吹乾墨跡。

上官裴沒有應聲，只是將毛筆擲到桌上。飛濺開來的墨汁在桌上灑開一道歪歪扭扭的痕跡。他「霍」的一聲猛然站起，回過頭來看向我。

「有勞皇后費心將誤會向國丈和國舅都解釋清楚了，那就隨朕起駕回宮吧。」他看向我的眼神冰冷，我一時間竟不敢正視他，惶恐間將頭匆匆低下。

剛才的緊張氣氛，讓我一下子忘了自己身處的困境。現在聽到他提到「回宮」兩字，我突然害怕起來。上官裴失去對京畿營的控制，完全拜我所賜。而我在回宮之後，如果要依賴丁夫人的解藥過日子，那我將受的屈辱是不能想像的，這種仰人鼻息的生活也是我無法忍受的。我注視著他伸向我的那隻手，心中大聲叫著千萬個不願意，怎麼也不能將手抬起放進他的掌心。

父兄也意識到我神色的慌張，走到我身邊關切地問道：「娘娘，怎麼啦？」

我轉過頭去看向他們，眼神略顯茫然。要告訴他們實情嗎？如果說了，以父兄疼愛我的程度，剛剛得到的暫時平靜馬上就要被打破。雖說京畿營兵力不濟，但如果上官裴被逼急了，一聲令下，衝突中刀槍無眼，父兄和其他家眷的安危穩妥與否，誰也不能保證。但是如果我不說，我回宮後的生活會如何淒慘，我從上官裴難看的神色上已經可以找到答案。我的心怦怦地跳得厲害，彷彿隨時都會從喉嚨口蹦出來一樣。

我該怎麼做？

我該怎麼做？

張德全的聲音在門外響起——

「皇上，鑾駕已經準備妥當了，恭請皇上和娘娘起駕回宮。」

「皇后！」上官裴提高了聲音，急切地催促我。

我只覺得雙腿無力，兩手撐著椅把才勉強站起來。隆重的朝服壓在我身上，比往日更顯沈重，讓我舉步維艱。我跟在上官裴身後，慢慢地走向大門。每走一步，我的呼吸就更加急促一分，五臟六腑彷彿絞在一起，雖然從早上起就什麼都沒有吃過，但胃翻騰得彷彿隨時可以將恐懼吐出一般。

走過父兄身前時，只看見他們憂慮的眼神，三哥想說些什麼，但猶豫了一下，終究沒有說出口。我看向他們的眼神是求救的眼神，但雙唇緊閉著，還是什麼都不能說，可是心裡卻叫喊著：

我不要回去呀！

一個念頭還未轉完，我眼前一黑，便倒了下去。意識消退前，我唯一記得的便是倒在了一片耀眼的明黃中……

第二十三章　月華未吐，波光不動，心涼如水

「皇上，您嘴上不說，心裡還是喜歡皇后的吧？要不然您也不會在這裡望著昭陽殿出神了。」朝陽殿的亭廊上，一個嬌小的女子沐浴著銀色的月華，對著面前那個錦衣華服的男子小心翼翼地問道。

「朕只是覺得對不起她。她年紀還那麼小，卻不得已要離開家人，住進深宮，還要面對一個已經心有所屬的夫君。朕只是很可憐她罷了，妳不要多想。」那個男子的目光仍舊緊緊地鎖在遠處依稀可見的昭陽殿。滿月的光輝為整個深宮禁苑籠罩上一層靜謐的銀色。

女子輕輕地抿了抿唇，掂量著自己將要說出口的話，猶豫了片刻，最後還是說了出來，語氣柔和得彷彿是風中飄浮的雪花。「臣妾只是有些擔心，小家子氣讓皇上見笑了。臣妾出身卑微，也不認識幾個字，哪裡比得上皇后出身高貴，才貌雙全。皇上雖然說只是同情她，可連接著幾個晚上都臨幸昭陽殿，臣妾……」那女子的聲音越說越低，漸漸隱沒下去，直到聽不見為止。

「她才不過是個孩子，妳又何必跟她計較？何況若皇后能夠早日替朕生下一個皇子，妳還有其他的後宮嬪妃不是都不用擔心將來的處境嗎？」男子的聲音微微透出慍怒，但是可以聽出他還是儘量克制著，沒有發作。「妳前幾日私自去昭陽殿見過皇后了？朕不是讓妳好好待在慈陽殿伺候太后嗎？為什麼要跑去見皇后？」原來忍了半天的怒氣，還是在有意無意間爆發出來。

「皇上，臣妾……」女子低下了頭，眼中似乎有淚花閃爍。「太后娘娘曾經答應過臣妾，一旦等到皇上大婚之後，就准許皇上納臣妾為妃。但是現在皇上大婚也快半年了，太后娘娘對這件事卻隻字不提。臣妾又聽人說，皇上越來越鍾愛新娶的皇后娘娘。臣妾……臣妾……」那女子終於隱忍不住，小聲抽泣起來。

男子一時不知所措，低低地嘆了口氣。「哎，紫藤，妳這又是幹什麼呢？朕才大婚不久，馬上就再納嬪妃，皇后的臉面上總過不去。」他輕輕地將哭泣的女子摟入懷中，周圍樹影婆娑，微涼的風掃過臉頰，吹亂了髮絲。

男子低頭輕輕吻乾女子臉上滾落的淚珠，這樣的親密，連月亮見了都害了羞，悄悄躲到雲彩後面去了。

「妳和朕從小一起長大，妳在朕心目中的地位是沒有人可以取代的。朕永遠記得九歲那年，在慈陽殿初見妳的那一天。妳怯怯地躲在王姑姑背後，手上還攥著個從老家帶來的泥娃娃不放。朕硬要拿過去瞧瞧，一不小心打碎了妳的娃娃，妳就哭了個天翻地覆。」男子的笑聲悶悶地響起，身子微微地顫抖著，連帶著懷中的女子也破涕為笑。

「皇上後來還親手做了一個泥娃娃送給臣妾呢！」女子的聲音無限軟膩，如果現在有光亮，可以看見她臉上的表情應該是甜蜜的吧。

「皇上，時候不早了。臣妾得趕快回去，太后娘娘醒來要是找不到臣妾，會不高興的。」女子掙扎著要站直身體，但男子的臂膀緊緊地箍著她，女子百般掙脫卻還是停留在他的懷中。

「母后早就睡了，今晚妳就留下侍寢吧。」男子輕輕地將這句話吐入女子的耳中，呵出的氣竄進她的耳裡，惹得她不由得輕笑開來。

「皇上，除了皇后，其他女子可不准留宿朝陽殿的呀！」女子的口氣越發酥軟。

「嗯，不要回去了，朕的話就是聖旨，誰敢亂說些什麼？」竊竊私語間，高大的男子已經橫腰抱起女子向寢殿走去。

「不可以，皇上，不可以——」我伸手想要去攔住他們，但是眼前的兩人卻已不見了蹤影。我使勁地眨了眨眼睛，想要搞清楚剛才的景象是實是虛。再次睜開眼睛時，卻只聽見周圍嘰嘰喳喳的說話聲。

「娘娘醒過來了。皇上、大宰相，娘娘醒過來了！」

我只覺得頭暈目眩，昏黃的燭光此刻看在我眼裡也無比刺眼。我發現自己正躺在軟榻上，淡雅的簾帳，素色的床被，若有似無的玫瑰香，這裡的一切都好熟悉，這裡究竟是哪裡？剛才又發生了什麼事？

「孩子，妳醒啦？」我聽見一個低聲啜泣的聲音，轉頭看過去。「母親！」我不禁脫口而出。只見母親坐在床側，雙眼紅腫，一手輕輕地摸著我的額頭，一手捏著帕子抹著眼淚。母親怎麼會在這裡？是的，我想起來了，剛才在是否要隨上官裴回宮、左右為難的當口，我竟然暈了過去。

那剛才的一幕只不過是個夢境？可為什麼那個夢會如此的真實，彷彿我置身其中，一切都觸手可及的清晰？

那剛才出現在夢境中的紫藤，我心裡反覆唸著這個名字，紫藤。

是的，我終於想起來了，紫藤，莫紫藤，上官裴的生母莫紫藤！那夢中的男子就是先皇上官崢。當日在景秋宮，莫夫人對我娓娓道來的那番話對我的震撼是如此之深，以至於在夢境中重演出當年的那一段情事，都讓我驚出一身冷汗來。

母親輕輕地擤著鼻子，周圍還是紛雜的說話聲，我的思緒卻不由自主地又回到了幾日前的那個早上。

「難怪妳擅自搬進慈陽殿，因為那裡留著妳和先皇以前甜蜜的回憶，是嗎？後來妳主動去昭陽殿向太后示好，還要求太后將妳調去昭陽殿服侍？」我與莫夫人並肩坐在紫藤下，雖然頭上的紫藤遮住了陽光，但不知為何，涔涔的汗卻從我周身冒出來。

「是，我後來發現先皇越來越喜歡太后，太后雖然當時只有十八歲，但出自司徒家族的女子怎麼是我們常人可以比擬？娘娘很聰明，讀的書也多，他們經常在一起談今論古，上自天文，下至地理，無所不談。先皇夜宿昭陽殿的次數越來越多，也不像以前一樣經常來慈陽殿探望我了，我當時真的是非常的擔心。我明白先皇對於我只不過是對於青梅竹馬、少年戀人的美好心境，但對於太后，則是志同道合的知己愛人。後來我又聽說太后有了身孕，先皇欣喜若狂。」此刻的莫夫人說出這番話的語氣已經平靜得彷彿只不過在講一個別人的故事，但誰又會知道當年的她在得知這個消息時，是如何的心酸和不安？後宮中的女子，等待著同一個男人的垂愛，心境恐怕都是如此吧？

「當時我就想，除非我能夠生下一子半女，否則先皇對於我是無法重拾舊日恩愛了。我得知太后雖然得寵，但是因為統領後宮的手段厲害，所以沒有什麼嬪妃願意與她交好。於是我就以一個大姊的身分主動去關心她，跟她說說話，替她解悶。她漸漸地就信任起我來，後來甚至在兩人獨處時還恩准我不用拘泥於君臣之禮，可以如姊妹一般。太后在家中是獨女，她把我當作姊姊一樣對待，但是她又怎麼會知道，我如此接近她，只是為了再次得到先皇的垂青呢？」聽了這話，我的心漸漸地涼下去。難怪表姑姑對於莫夫人的恨是如此的入骨，她恨的不僅是丈夫的出軌，更是姊妹的背叛。

「後來我終於等到了機會，如願懷上了子嗣。到四、五個月的時候，眼看瞞不下去了，先皇才領著我去見太后，將與我的過往全部告訴了太后，懇請太后同意先皇納我為妃。」

「那當時的太后呢？太后娘娘不是一直因為妳出身卑微，而不讓先皇納妳為妃嗎？」我插嘴問道。

「那時太后娘娘已經西去了。」莫夫人聽到「出身卑微」這四個字，聲調還是不由自主地變了一下。

「後來呢？後來怎麼樣了？姑姑同意了嗎？」我追問。

「當時太后剛懷上第二個孩子，聽了先皇的話，氣血攻心，當場就不省人事。醒來後……」說到這裡，莫夫人頓了頓，好像有什麼卡在了她的脖子裡，讓她吐字困難。「醒來後，孩子卻沒有了。太后像失了心智一樣，大病了一場，連人都不認了。先皇急得快瘋過去了，我從來沒有見到過先皇那個模樣。先皇抱著娘娘邊哭邊叫她的名字，說如果娘娘走了，先皇他……他活著也沒意思了。」莫夫人的平靜終於被打破，臉上呈現出一種痛並絕望的神色。我想，聽到自己摯愛的男人對著別的女人說這句話，任何一個女人都會崩潰的。

「過了大半年，太后的病才好，我也生下了裴兒。太后同意讓先皇封我做莫夫人，先皇也答應太后……從此不再見我。」一滴晶瑩的淚水從莫夫人的臉頰滾落，我取出自己的絲帕，遞了過去。

「謝謝娘娘。」莫夫人受寵若驚地回望著我。「娘娘，我有個不情之請。」莫夫人突然跪倒在我面前，讓我猝不及防。

「說實話，我一直覺得很對不起太后。我從小就是一個孤兒，其實心裡也是把太后當妹妹般看待。但是先皇的愛對於我來說實在是太重要了，我沒有辦法。」莫夫人的淚珠像斷了線的珠子般滾落下來。「這個玉珮是先皇在我十六歲生日時給我的，是我的命根子。在我最痛苦的時候，是這塊玉珮支持了我一路挺過來。」莫夫人從內襟裡摸出一枚光華無瑕的玉珮，塞進我的手裡。因為是貼身佩戴，玉珮還是暖暖的。「裴兒一直以為先皇從來就沒喜歡過我，所以對先皇甚是怨恨，直到不久前看見了這枚玉珮，才終於能夠體諒他父皇。我希望裴兒能夠彌補我以前對司徒家的皇后犯下的錯，好好對待娘娘您。我也會親自去跟裴兒說，讓他好好愛護娘娘的。」莧夫人緊緊地握著我的手，而我的手裡又緊緊地握著那枚玉珮。

這玉珮上有先皇御筆親篆的七個字：兩情若是久長時。

發生了這麼多事，中間隔著這麼許多人，我跟上官裴之間還有這個可能嗎？

想到這裡，我不禁一愣。上官裴，他現在又在哪裡？我的眼光掃過屋內的其他人，父兄三個都是一臉焦慮地圍站在母親身後，唯獨上官裴一個人遠遠地靠著門盯著我出神，卻還是緘默不語。我的目光與他的對上，他馬上將臉側開去，側臉的線條冷峻。我心裡一涼，他應該還在惱恨我吧？

「回皇上的話，太醫府府判鄭太醫到。」張德全在門外回話。

「讓他進來。」

不一會兒，一個瘦高的白鬚老頭跑了進來，向上官裴及其他人行了禮。

「鄭太醫，皇后娘娘突然間暈了過去，您趕快替娘娘看看吧！」大哥的聲音透露出無比的焦慮。

鄭太醫應了一聲，趕到我的床榻前。母親已經將簾帳放下，將我的右手留在帳外。身邊的丫鬟將一條紅絲線綁在我的手腕，將另一頭交給鄭太醫。然後便是長刻的安靜，房間中每個人都屏氣凝神地等待著結果。

約莫半炷香的時間，鄭太醫終於開口了。「皇后娘娘的脈象甚是奇特，身體內有寒熱兩種氣正在互相交錯對沖。」

「寒熱兩種？什麼意思？」父親追問。

「這寒氣力道不足，像是剛剛侵入體內不久，但奇怪的是，怎麼看都有中毒的跡象。」

「什麼？」

「中毒？」

「怎麼會？」

父兄三個異口同聲，加上母親的低呼，我的心一下子墜到了谷底。

「但是這股寒氣被娘娘自身的熱氣所壓制著，發作不出來，應該威脅不大。只要找出毒源，還是有可以化解的辦法。」鄭太醫不被其他人的情緒所左右，仍然是慢條斯理地說著。

「那自身的熱氣，又是指什麼？」

聽著三哥的問話，我不禁莞爾一笑。雖隔著簾帳，但我還是可以想像出三哥此時的表情——左眉輕挑。他著急起來一向有這個習慣。

「胎氣。」

我突然覺得呼吸困難，恍惚間，鄭太醫那句話聽在耳裡，好像似懂非懂一般。

什麼？胎氣？難道說我……懷孕了？

我聽到帳外同樣一聲驚呼響起——

「什麼?!」

這次出聲的，卻是上官裴。

第二十四章　今歲早梅開，依舊年時月

我懷孕了！我竟然懷孕了！我心裡彷彿有千萬面小鼓在搥一樣。不知從哪裡來的力氣，我一下子直身坐了起來，雙手猛地掀開簾子。「鄭太醫，你查清楚沒有？本宮是不是真的有喜了？」若不是儘量控制著，我怕自己會衝到鄭太醫面前。

鄭太醫只是微微地笑著，輕輕地捋著自己長長的鬍鬚。「娘娘，微臣從醫幾十年，不敢說醫術高超，這喜脈還是搭得出的。哈哈，恭喜皇上、恭喜娘娘，恭喜大宰相和宰相夫人！」鄭太醫抱拳行禮，而其他人還沈浸在剛才的震驚中，只是緘默。

女人都有母性的本能，我暫時忽略了自己中毒的事實，臉的喜悅。是的，我馬上就要做母親了！我的孩子！

我突然瞥見父親和大哥兩個人互相交換了一下眼神，兩人都是鐵青的臉色。我明白對於他們來說，他們真正震驚的不是我有喜這件事情，而是我如何會中毒的原因。

稍稍停頓了片刻，就看見父親徑直走到上官裴面前。「老臣恭喜皇上和娘娘！這真是普天同慶的大好消息。但願上蒼保佑娘娘這胎是個皇子，那上官皇朝就後續有人了。」父親的話雖平淡無奇，但細聽之下寓意深刻。司徒家族的皇后生出的皇子，理所當然就是太子，這一點無可爭議。

上官裴的目光仍然只是停留在我身上，對於父親的話好像根本就沒有聽見一樣。我對上他的目光，心裡百感交集。這個孩子是我們兩個的骨血所成，但是你剛才用強逼我服下的那顆毒藥，不是連你自己的孩子都要害了嗎？口口聲聲在那裡說「天下為人父母者，無不要為子女考慮」的上官裴，你會為了這個孩子，而將解藥給我嗎？

「皇上，老臣只是覺得奇怪，娘娘身處戒衛森嚴的皇宮禁苑，怎麼可能中毒呢？」父親抬頭看向上官裴，一臉的狐疑。

「大宰相，你們先跪安吧。朕想和娘娘單獨說些話。」上官裴毫無表情地說出這些話。

父親還想再爭辯些什麼，卻不料上官裴凌厲的目光已經掃了過去。父親一愣，猶豫了小片刻，便抱拳行禮道：「微臣先行告退。不過微臣就在門外候著，如果皇上有什麼吩咐，只要一聲召喚即可。」

我明白其實這最後一句話，父親是說給我聽的。

父親攙扶著母親走了出去，兩位哥哥尾隨其後，三哥轉身關上門的時候，還是不放心地看了我一眼。我竭力擺出一個歡喜的笑容，想要讓他放心。但是此刻蒼白的臉孔和無力的身子，怎麼樣看都讓人擔心不已，連我自己都不能被說服，更何況是一眼便能洞悉我心思的家人。

屋內終於只剩下了我和上官裴兩人，我看見他漸漸走近，不由得緊緊地抓住了絲被的邊緣，人也向床的裡側靠過去。

「妳在害怕嗎？妳在害怕朕會加害妳和這個孩子？」他在床沿坐定，保持著和我之間一定的距離。

看著他無意靠近，我略微鎮靜了一點。

「皇上不會嗎？皇上剛才給臣妾餵下的那顆毒藥，不就是最好的佐證嗎？難道會因為這個來的不是時候的孩子，皇上的態度轉眼間就變了嗎？」我的情緒激動起來，他給我餵毒藥這件事是我始終不能釋懷的。

「皇上口口聲聲說愛子心切，那臣妾敢問一聲，丁夫人肚子裡的孩子是皇上的骨肉，臣妾肚子裡的孩子就不是嗎？皇上，您說話呀！」我伸出手想去抓他的衣袖，他身子一讓，我抓了個空，手只是停留在空中，彷彿空氣中有什麼能讓我攀附依靠的東西一樣地僵在那裡。

「妳怎麼會中毒的呢？」

他像是在問我，但更像是喃喃自語。我雙眉緊蹙，不解地看向他，這個時候他怎麼還有臉面來問我這個問題？

但是他看著我的眼神只有迷惑，還有……我不敢確定，那是心痛嗎？我不禁愣在那裡。這毒藥不是你剛才親口餵進我嘴裡的嗎？怎麼會現在反而問起我這個問題來？

「皇上，您說什麼？」我向他挪近了點，追問道。

「那顆藥丸不過是莫太妃平時服用的寧神靜氣丸，太醫開的方子，是最普通不過的藥，對人體並沒有毒害的，怎麼會有毒？」他從內襟裡掏出一個黑色的小瓶，拔開淺色的塞子，倒出一顆小指甲大小的藥丸。

遠遠的我就聞見了那股味道，我的心一陣猛跳，若不是極力控制著，我怕我就要大喊出聲了。剛才這顆不起眼的藥丸給我的驚嚇實在是太大了，我想這個氣味會永遠成為我的夢魘。

就在我為自己的慌亂一時失神之際，上官裴已經將藥丸放進了自己的嘴裡！

「皇上！」我反應過來剛才他的舉動，不禁低呼出口。

「朕只是想證明給妳看，這些藥丸真的只不過是莫太妃平時服用的寧神靜氣丸，對人是無害的。」他微微一仰脖，將那顆送進嘴裡的藥丸一吞而下。「朕剛才看見妳追著要懲治丁夫人不放，迫不得已才給妳餵了一顆，並編出那些話來唬妳，希望可以讓妳有所收斂。這也是被形勢所迫，不得已而為之。但是……但是朕不明白，妳怎麼會真的就中毒了呢？」他說話的神情混雜著百思不得其解的迷惑和頹喪。

如果他現在還是在騙我，那我不得不承認，他真的是天下最好的戲子了。

驀地，我的心裡突然冒出一個人的名字來，難道是她？能夠對我下毒的人，必定是生活在後宮之中的人。而恨我到要對我下毒手的地步，除了上官裴，我能想到的只有她。她是除掉我之後的最大受益者，絕對有足夠的動機促使她對我下手。

看著我雙眉漸漸攏起，上官裴的臉色也暗沈下來。「皇后心裡想的是丁夫人吧？」

他突然的發問，將我的思緒拉了回來。既然他打開天窗說亮話了，那我也不必遮遮掩掩。

「不錯，臣妾懷疑的就是她！」

「為什麼皇后一定要針對丁夫人呢？她只不過是個手無縛雞之力、不問世事的弱女子，現在還懷著身孕，她能對妳幹些什麼？」上官裴的語氣急促起來。

「手無縛雞之力的弱女子？」我不知從哪裡來的力氣，一下子從臥榻上跳了下來。「皇上，臣妾若不是死活不從，恐怕現在就要在丁夫人的威脅下承認莫須有的罪名了吧？」我直直地瞪向他。「一個弱女子會用無辜人的生命來脅迫我乖乖就範嗎？一個不問世事的弱女子會想到要京畿營迅速關閉城門嗎？皇上，臣妾以為您是被丁夫人給蒙蔽了，或者說……」我頓了頓，一步一步地走近他。「或者說，皇上本來就是在縱容丁夫人。」每個字都給我說得擲地有聲。

今天的事已經讓我與上官裴徹底撕下臉來，沒有什麼好顧及的了。我也料準即使他現在巴不得將我千刀萬剮，但局勢迫人，他暫時還奈何我不得。

四目相對，沒有柔情密意，有的只是防備。在這防備之後，又有多少猜忌和陰謀，誰都不願多想。我們站在這條鴻溝的兩岸，沒有橋樑可跨，沒有出路可尋，誰也不願妥協，誰都不能妥協，因為背負的是身家性命，一旦失敗，後果誰都承擔不起。人生最痛，無非如此。而這個還未出世的孩子，他的世界本應該有寵愛他的雙親，可是他的父母已經是站在這丘壑兩邊的敵人，他要面臨的又會是怎樣的險惡人生呢？

我不能再想下去，只覺得心裡一陣陣絞痛翻湧出來。女人的母性剎那間侵蝕了我的理性。我用手護著還是平坦的小腹，多少話在嘴裡，卻一句也說不出口，猶豫了半天，翻翻轉轉的唯有苦澀。

「妳不準備放過丁夫人，是不是？」

說到底，他心裡有的只是丁夫人，念念不忘的還是丁夫人。

我倔強地搖了搖頭，別過頭去不看他，為的是不讓他看見我即將奪眶而出的淚水。

「如果妳傷害丁夫人一絲一毫，我們之間就真的沒有斡旋的餘地了。而朕與皇后之間，為著這個孩子，為了天下社稷的太平，本來還是有契機重新來過的。」他頹然坐下，慢慢端起桌子上的一杯茶水飲了一口。茶水涼了，苦澀全都透了出來。他皺了皺眉，放下茶杯，靜靜看著我等待答案。

這話若是先前讓我聽到，說不定我會動搖。但經過了這麼許多事後，我又怎麼能相信他？現在我要保護的人又多了一個，這個孩子，無論如何，我都一定要讓他平安地來到這個世界。不過眼看上官裴保護丁夫人心切，我也不願在這個問題上跟他爭執不下。「那皇上，臣妾有一個條件。如果皇上答應，臣妾就放過丁夫人，只要皇上保證以後丁夫人能夠乖乖地待在滎陽殿，不要到處惹是生非。」

他看我口氣鬆動，趕忙說道：「皇后請講！」

「臣妾以為司徒家和丁家聯姻實屬不妥，望皇上收回給二哥賜婚的聖旨。」我不緊不慢地說出我的條件。

他只是一愣，不由自主地咬起了下唇。「君無戲言，這個道理，皇后總該明白吧？已經昭告天下的聖旨，朕豈能說收回就收回？何況若是收回賜婚聖旨，妳讓丁夫人的妹妹以後如何再嫁人？」他好言相勸。

我心頭火氣頓生，說了半天，他還是處處維護丁家！「皇上，若您連臣妾這個小小的要求都不答應，那臣妾整肅後宮的事，也請皇上不要插手。」我說得毅然決然。

「妳……妳……」他氣急，抬手指著我，人簌簌發抖，竟然講不出一句話來。

「啪」的一聲，他用力拍在桌角上，紅木做的方桌竟然硬生生地斷了一角。

我駭得向後退了半步，一手捂住胸口，差點就要高聲喊人。

「妳父兄剛才如此逼朕，連妳也敢跟朕討價還價？你們司徒一門欺人太甚！」他說話聲音雖不高，但氣勢很凌人。「妳跟朕聽好了，這天下畢竟還是姓上官的，你們司徒家要是想反，這天下也不會答應。妳父兄聰明絕頂，到現在還不行事，必是有不可為之處。妳不過是仗著妳二哥在外的百萬兵力，在此目無綱紀，以下犯上。朕老實跟妳說吧，發放糧餉的是兵部，沒有糧餉，千軍萬馬也是白搭！漠城與北方好幾個蠻夷之國鄰邦，這幾個國家賊心不死，都趁著新帝登基不久的時機，對我國虎視眈眈。妳二哥要是揮師領兵南下，這幾個國家不定就要乘虛而入，到時候即使滅了上官皇朝，也未必是你們司徒家君臨天下！退開一萬步講，妳二哥在軍中深得人心，士兵們即使沒有糧餉也願意跟隨，但妳忘了朕的皇叔上官爵雖然歸隱多年，朕以為他老人家的威望應該也不在妳二哥之下吧？」他一口氣說完這段話，不給我插嘴的機會。

一直以為我們司徒家占盡天時地利，沒有想到他也是有備而來。

他看見我慢慢地滑坐到臥榻上，才緩和了語氣。「朕說過，天下為人父母者，無不要為子女考慮。為了妳腹中的這個孩子，朕也會替妳找到解藥。妳暫時就在家中休息吧，朕三日後會派人接妳回宮。」

說完後，他徑直朝門口走去，伸手開門的當口，他又回過頭來望了我一眼。「皇后，為了這個孩子，妳還是將心思放在好好休息上吧。朕明白，很多事妳也是不得已而為之，但事到如今，我們都已經回不了頭了。」

我拚命地咬著唇，向裡吸著氣，絕不能讓他看到我淚水滾落的軟弱模樣。

末了，他又加了一句話。「妳二哥的婚禮就訂在下個月初五吧。」說完，他頭也不回地走了出去。

一聲聲的「皇上起駕回宮」響起，我的淚水終於流了下來。

下個月初五，還有十五天！

第二十五章　誠知此恨人人有

在家的這三天，我像是回到了還未進宮前的歲月。每天陪著母親說說話，等待父兄退朝回家。閒時在家拈花弄草，有時也和大哥下棋，和三哥鬥嘴，讓大嫂教我繡花，讓許姑姑為我忙得暈頭轉向。生活雖然是日復一日的瑣碎，但是瑣碎中淡淡的恬靜，卻讓我欣喜，彷彿失而復得的珍寶一樣，讓我不願放手。彷彿所有的一切都不曾改變，我進宮做皇后只不過是一個噩夢，而噩夢醒來，我仍舊是躲在父母兄長羽翼保護下的小女孩，外面風雨再大，我的一隅小天地仍舊是躲避一切紛擾的世外桃源。

可是現實終歸是現實，母親背著我的暗自流淚，父兄看著我的輕聲嘆氣，書房內沒日沒夜的燈火通明，各位幕僚親信的進出頻繁，我全部都看在眼裡。

大嫂鮑文慧出自澎江的名醫世家，鮑家先後一共出過十位太醫府府判，天下聞名的百康軒即是大嫂家的產業。第七代皇帝上官毅御筆親書的匾額「懸壺濟世」就掛在上京的總店中，作為鮑家醫術高超、醫德過人的最好佐證。

雖然說大嫂家的醫術絕學是傳男不傳女，但是大嫂天資聰穎，從小耳濡目染之下，岐黃之道也是十分精通。這幾天父親不請太醫，反而讓大嫂來替我號脈診治，開方調養。父親雖然絕口不提我中毒的事情，但是從他不讓太醫而是讓自己人替我診治這一點可以看出，家人對我中毒的事情還是耿耿於懷卻又諱莫如深。

「娘娘，今天您的氣色真不錯，胎氣也很平穩，沒有什麼需要擔心的。」大嫂收起她的醫箱，微笑地對我說。大嫂懷著五個月的身孕，行動起來已經略顯不便。

「許姑姑，妳退下吧。在門口好好守著，沒有我的吩咐，任何人都不得進來。」我吩咐下去。

看見許姑姑躡手躡腳地關好門，我將大嫂一把拉到身邊。「大嫂，這裡沒有外人，我們姑嫂之間感情一直很好，我把妳當成姊姊一樣看待。」我雙目熱忱地看著大嫂，只見大嫂的臉上飛起一片紅暈。

「我知道父兄都讓妳瞞著我，不許妳跟我說我現在的身子究竟是個什麼狀況。我也知道，現在要妳告訴我實情，妳在父親那裡一定不好交代。但是看在我們兩個都是即將要為人母的分上，我求妳告訴我實情。我只要知道我身上的毒會不會對孩子有影響？」我說得很誠懇，眼神流露出希冀的目光。

看見大嫂為難地轉過頭去，我脫口而出。「天下為人父母者，無不要為子女考慮，不是嗎？」話一出口，我突然意識到這句話不是上官裴曾經說過的嗎？原來天下為人父母者的心確實都是一樣的。

「小妹。」大嫂坐在我身邊，拉住我的手語重心長地說道：「妳拿我當大姊看，那嫂嫂我也不瞞妳了。妳身體裡的毒，就我這幾天的診斷，雖然是慢性毒藥，但是毒性還是挺強的。毒藥的寒性會慢慢滲入到妳的五臟六腑，直到最後進入妳的骨髓，寒性最終會使妳的血液不能流動，到時候人也就……」她停頓了下來，雖然沒有說出口，我也明白她的言下之意。到時候我也就沒命了。我的臉上竟然呈現出一抹淒豔的笑容。

大嫂心驚地看著我神色的變化，趕快岔開話題。「除非知道毒藥的名字和成分，否則這解藥還真不好配製。妳懷著身孕，我們也不能瞎給妳試藥啊。」

大嫂這段話說得緩慢而艱難，我的心一點點地沈了下去。難道沒有解救的希望了嗎？

「那據妳估計，這毒性什麼時候會揮發出來？」我要知道我還剩下多少時間，以便我可以著手對所有的事做個了斷。

「現在毒藥的寒性被妳這個胎兒壓制著，所以短時間內不會爆發出來。而且因為毒藥的寒性與胎兒的熱性不能相容，孩子倒應該沒有問題。但是這個胎兒一旦出世，毒性就會擴散。直入五臟六腑，也不過是半年的時間吧。」

大嫂的聲音更低沈，我看見淚水在她的眼眶裡打轉，她努力轉動著眼眸，不讓淚珠滾落。

大家都是要做母親的人，我想我的遭遇她能夠感同身受吧。孩子的出生對於任何一個母親來說，都是天大的喜悅，誰不願意看著自己的孩子健康茁壯地成長，看著他開始呀呀學語，聽著他會叫第一聲「娘親」，看著他蹣跚學步，然後聽著他在妳面前像個小大人一樣背手踱步唸著「人之初，性本善」呢？

我想任何一個母親都希望這十個月可以快點飛逝而過，迫不及待要將小寶寶抱在懷中，看看他的模樣吧？可是對於我來說，孩子的降臨意味著我的生命正在走向終結。在初嚐為人母的喜悅後，我將要面臨的卻是死亡的陰影。

人世間，還有比這更殘酷的事情嗎？

「我知道了。大嫂，謝謝妳告訴我。」我的表情只是木然，心中的痛被我竭力壓抑著，我不願在大嫂面前表現出來，我不想讓她因為告訴我實情引起我難過而自責。「大嫂，我有些乏了，想睡一會兒。妳先回去吧。」我的身子慢慢地躺了下去，人翻轉過去朝向裡側。

「那好吧，嘉兒。」

大嫂替我掖了掖被子，又不放心地在我背後站了好一會兒。聽著我呼吸漸漸均勻而緩慢起來，方才走了出去。

門開啟復又關上，枕頭早已濕了一大片。我將手輕輕地撫在小腹上。「孩子，難為你了，這麼小就已經開始保護娘親了。無論如何，娘親也一定會保護你的。如果娘親只有一年多的時間可以活，不管怎麼樣，娘親都會將所有妨礙你繼承皇位的障礙全部掃除。如果娘親不能讓你得到母愛，那一定要讓你得到天下！」

三日後，上官裴果然如約，一大早就派張德全來接我回宮。十六人的鳳鑾，百人的儀仗隊，家人在身後的跪地送行，一聲聲越來越輕的「恭送娘娘」。我唯有緊緊地抓住手中的帕巾，才可以不讓自己失聲痛哭。我什麼時候能夠再回到我熟悉的家園，我不知道；我還能不能再有機會回來，沒有人能告訴我。

回到宮中，已接近晌午，簡單地用了午膳後，我便回內殿歇起午覺。本來是應該先去朝陽殿請安的，但我想上官裴與我現在都不想看見對方吧。

睡睡醒醒一個多時辰，就聽見殿外有窸窸窣窣的說話聲，我聽出了是許姑姑和張德全。不一會兒，就聽見許姑姑走進了內殿。

「娘娘，娘娘……」她在臥榻邊輕聲叫著我。

我緩緩翻過身子。「什麼事？」邊問著邊坐起身子，許姑姑早已將外衣遞過來。已經接近初冬，寒意更深了。

「皇上宣娘娘去朝陽殿議事。」許姑姑半跪在臥榻邊替我扣著釦子。

「張德全說了是什麼事沒有？」我被許姑姑從臥榻上攙扶到鏡子前，整理著妝容。

「沒有，就說皇上傳娘娘過去。張德全走得很急，說還要去滎陽殿傳話。」許姑姑拿梳子沾著玫瑰露替我抿著頭髮。

滎陽殿？我心裡默默地唸著這三個字。那麼說，是去宣丁夫人的。難不成上官裴已經說服丁夫人交出解藥，還是妄想著讓我和丁夫人和解？

我心裡輕蔑地哼了一聲。「許姑姑，妳傳話下去，讓孫參將準備著，過會兒帶人隨本宮一起過去。」不怕一萬，只怕萬一。

我思忖了一下，復又轉回更衣屏風後，讓許姑姑找出一件二叔以前征戰南北時穿過的金絲軟甲，穿在衣裙內。穿戴妥貼後，我又將那把匕首小心翼翼地藏在袖筒內。現在不比往日，我的身子裡還有一個更重要的小生命在成長，為了保護他，如果迫不得已要讓我親手殺人，我想我也會做的。這個念頭在我的腦海中一劃而過時，連我自己都吃了一驚。以前那個看見父兄打獵回來，手提獵物就會感懷落淚的司徒嘉去哪裡了？

跨出昭陽殿，孫參將已經在殿外候著，看見我出來，他快步迎了上來。

「孫參將，現在局勢如何，你也清楚。屆時本宮在朝陽殿，若有人意圖對本宮不利，你可以……」我做了一個手抹脖子的動作。

孫參將一愣，抬頭看我。「娘娘，您是指對任何人？」他的話音略微有些顫抖。

我沈默了一刻，然後鄭重地點了點頭。「任何人，都一樣！」

孫參將突然抱拳。「娘娘，請放心。末將領命！」

聲音雖低微，但是我聽出了堅定和決絕。是啊，他們都是和我在一條船上的人，除了同仇敵愾，我們誰都沒有出路。

我轉頭交代許姑姑。「許姑姑，要是一個時辰後不見我回來，妳知道該如何做。」許姑姑滿眼的擔心，但還是心領神會地點了點頭。

走進朝陽殿時，上官裴與丁夫人正並肩而坐，談笑風生。宮女高聲宣佈我的到來，丁夫人立馬彈回自己的座位。

「臣妾參見皇上。」我微微屈膝。

上官裴冰冷的聲音響起。「皇后，坐吧。」

他指了指身邊的一個空位，與剛才的如沐春風相比，在眾人面前對我的冷若冰霜著實讓我難堪。不過，現在我也不在乎他的恩寵究竟在誰身上。

「臣妾參見皇后。」

「民女參見皇后。」

丁夫人和一個女子盈盈下跪，對我行禮。

我漫不經心地示意她們起來，然後抬頭看去，眼光粗粗掠過丁夫人，她還是先前那一副弱不禁風的模樣。但看到她身邊的那個女子後，我不禁愣住了。

面如芙蓉，新眉如柳，眸似星辰，身輕若燕。連看慣阿姊傾國傾城美豔容貌的我都忍不住要為這個女子的容顏擊掌叫好。

看見我注視著她，她怯怯地低下了頭，惹出臉上一片紅霞。

上官裴開口道：「這個是丁夫人的妹妹子宜，為了下月初五的婚事，昨天剛剛從榕城抵達上京。雙十年華，知書達禮，琴棋書畫，無所不精，配皇后那個少年英雄的二哥真是天作之合吧？」

他轉過身來看著我的表情，顯然對於即將到來的婚事無比的興奮，也同時享受著我表情的變化。

「好，很好。」半天的沈默後，我淡淡吐出這麼一句話。

「如此的美貌，任再死心眼的男子也不能抗拒溫柔鄉而流連忘返吧？」上官裴笑得無比暢快，連丁夫人都不顧平日極力維護的端莊形象，笑出聲來。

聽了這話，丁子宜的臉更紅，抬頭只是怔怔地望著大笑著的上官裴。

我看著丁子宜的眼神，突然一個念頭滑過。這眼神，羞澀、忐忑、不安、委屈、焦慮、神往，難道說……我猛然回過頭看向上官裴，他卻像一個沒事人一樣，端起茶杯喝著水。我再看向丁子宜，她也發現我在觀察她，馬上將頭埋得更低，人也向丁夫人身後躲了躲。

如果我猜得不錯，那個丁子宜心裡真正喜歡的人，應該是上官裴！也難怪，上官裴在榕城的這四年，丁子宜不過是個十六歲情竇初開的少女，看見才貌出色的皇子，難免會動心。現在肯如此為上官裴賣命，除了皇命難違以外，還有沒有為愛人願意犧牲的成分在呢？那丁家這兩姊妹之間是姊妹情深還是情敵之爭？會不會是攻破丁家的一個缺口呢？

我正出神間，突然聽到殿外一陣熙攘。大家都向外張望時，就看見一個滿面塵土的士兵跑入殿內。

「皇上……漠城……八百里急報！」那個士兵跪倒在地，由於喘著粗氣，說話斷斷續續。

「什麼?!」上官裴驚呼出聲。

大殿內一下子安靜下來，每個人的目光都追隨著信使手上的那封書信。

八百里急報？出了什麼事了？我的心更是怦怦跳得厲害。漠城，二哥！

上官裴從張德全手中接過那份書信，展開來仔細閱讀。我看見他快速地掃了一遍，然後又回到了第一行細細地看了起來，這樣反反覆覆幾次，我的心提到了嗓子眼，像是隨時會跳將出來一樣。

突然，上官裴猛然回頭看向我，我的目光不及轉開，與他雙目對上。

他細長的鳳眼瞇起。「皇后，這下妳可如願了。」

「嗯？」我不解。

「妳自己看吧！」上官裴將那封書信交到我手裡。

我急忙展閱，信紙上熟悉的筆跡，那是二哥的字跡。我一路看完，心裡充斥著複雜的情緒，放心和擔心同時從心底湧出來。

邊關告急！

北朝皇帝阮文帝連同西域六國和已亡國的斡丹流亡貴族，向上官皇朝宣戰了！

第二十六章　凝眸處，從今又添，一段新愁

四年前，那個為了奪得我阿姊而不顧兩國實力懸殊，向我國發動戰爭的阮文帝，竟然連同了西域的伽連、姆若、科爾沙、蘇提曼、彝北、羅茨爾沁六個小國，外加上已經亡國的斡丹流亡貴族們，以西域聯盟的形式又一次向上官皇朝發下了戰書。

戰書上明確寫著，除非上官裴答允以下所有條件，否則一場血戰在所難免。

一、不再視這六個國家為附屬國，停止要求這些國家每年按期進貢錢糧。

二、同意讓斡丹復國，重新認可斡丹皇朝，將斡丹的權杖、玉璽和所有財寶悉數奉還。

三、割讓給西域聯盟與北朝相連包括漠城在內的十六個重鎮，每年還要上繳給聯盟三百萬兩「交好費」。

這樣喪權辱國的條件，任何一個君王都是不會答應的，何況還是一向以泱泱大國自詡的上官皇朝。而這一系列條件的最尾端，還有北朝的阮文帝御筆親書的一個附加條件。

阮文帝，北朝先帝的嫡出皇子，自從十九歲繼位至現在的十年內，除去唯一的一次衝冠一怒為紅顏，他也算是一個不折不扣的賢明君主。特別自從上次戰敗以後，他更加臥薪嚐膽，廣納賢士，努力要振興北朝。短短四年內，北朝已從戰後的百廢待興恢復到如今的蒸蒸日上。而他本人，就我從與他有過正面交鋒的二哥那裡聽來，也是一個風流倜儻，才貌俱佳的翩翩濁世佳公

子。這樣的絕世風姿，又是少年掌權的君王，他二十九年的人生中恐怕沒有什麼遺憾了，除了司徒敏。

世人皆知，自從阮文帝四年前看見了我阿姊的肖像後，他便如發了瘋一樣，沒來由地愛上了她。為了得到我阿姊，他不惜向國力強盛的上官皇朝宣戰，可見他走火入魔的程度。但是由於他一向深得民心，即使戰敗後，北朝的百姓對他倒出奇的並無多大怨言。阿姊不久前踏鶴西去時，據說阮文帝公然以祭拜妻子的形式，為阿姊舉行了隆重的悼念活動。

而現在在這個戰書中最後一個附加條件裡，他赫然提出要上官裴交出我，因為他要娶我為后！

究其原因，為的只不過是我長得酷似阿姊罷了。

接到這封戰書已經整整四天了，這四天上官裴沒有回過自己的朝陽殿，也沒有去過任何嬪妃的寢宮，只是一心一意地在勤陽殿裡跟朝臣們商議著對策。不過這其中也有例外，他竟然出人意料地來過昭陽殿好幾次。

每次來的時候都已是夜深人靜，我已入睡之時。他也不讓許姑姑叫醒我，只是簡單地在我榻邊坐了一會兒，便又重新回到勤陽殿去了。他這樣來來去去四、五次，我倒生出了些好奇，不知道他葫蘆裡賣的是什麼藥，心裡又惦記著二哥在漠城的情況，所以今兒個用過了晚膳，我決定去勤陽殿探一探究竟。

勤陽殿是皇帝與大臣商議國家大事的所在，平日裡皇上也把那裡當作御書房用。祖制規定，後宮嬪妃如果沒有聖旨傳召，不得擅入勤陽殿正殿。所以我只在勤陽殿的側殿等著。側殿裡擺放著一張臥榻，看來這幾日上官裴就是在這裡度過的。

「娘娘，請用。」勤陽殿的執事姑姑錢姑姑親自在旁邊伺候著。「這是洛城新進的牡丹紫玉茶。」杯蓋還未啟，香味已經神奇地飄開來。「皇上現在正在和內閣的幾位大人議事，估摸著得還有一會兒才能結束。」

我點了點頭，將杯蓋輕輕地移開一點。細膩甜潤的花香果香一時間從四面八方將我包圍。「皇上平日都什麼時候歇息啊？」我深深地吸了口氣，想讓這好聞的香味在鼻間停留得更長久一點。

「皇上這幾日，不到半夜是不會就寢的。」錢姑姑畢恭畢敬地回答。「而且皇上這幾日吃得也少，御廚房呈上來的御膳，皇上幾乎都沒怎麼碰過。」

「嗯，本宮知道了。這裡有許姑姑伺候就行了，妳退下吧。」我輕輕地抿了一口茶，奇特的味道在唇齒間散開，到處都是淡淡的甜。

待錢姑姑跪安後，我慢慢地踱步到側殿與正殿相連的腰門處，隔著薄紗向正殿望去。我一眼就看見了上官裴，他一身淡黃的袍服坐在正座，格外醒目。堂下站著七個人，除了父兄三人在列以外，我能認出的還有輔相田艾青和站在最後排的軍機大臣蘇硯谷。

田艾青仍舊是我兒時初見他時的那個模樣，小小的眼睛，矮矮的個子，卻長著跟自己身材比例極不協調的一個酒糟大鼻子，每次看見他，我都忍不住要一邊笑一邊問自己，為什麼美麗溫柔的小姨媽當時會不顧外公的反對，執意要嫁給他，而他那時還只不過是一個上京趕考的窮秀才而已。

蘇硯谷外號「強牛」，因為他出了名的強脾氣，不過卻是個剛正不阿的好人。當時他父親三朝重臣蘇岳樓過世的時候，先帝感念他為朝廷做出的貢獻，悲痛之餘，想要讓才二十出頭的蘇硯谷連跳三級，直接入軍機處供職。但是想不到他一口回絕先帝的好意，堅持自己無功不受祿，不願借著父輩的功績而青雲直上。他為官的這二十年來，也確實證明了自己清白為人，公正為官的作風。他任刑部尚書的時候，曾經為了堅持要斬貪贓枉法的穆令公之子小侯爺而不惜與先帝當堂大吵，最後正氣凜然地將先帝說得啞口無言，只得讓他秉公辦理。

而另外兩個高瘦的男子，我倒從來沒有見過。

「他妄想！」

突如其來的一聲猛喝讓我一驚，差點輕呼出口。只見上官裴將那份戰書狠狠地擲在地上，滿面怒色。聽說自從接到那封八百里急報的幾天裡，他每看一遍這封戰書，都不可抑制地要火冒三丈。

「皇后是朕的皇后，何況皇后現在還懷著朕的子嗣！那個阮文帝，竟敢提出要娶皇后為妻的要求，簡直是癡人說夢！混帳東西！」他幾乎是咆哮著。

所有的大臣都呈現出一副義憤填膺的表情，只見父親向前跨出一步。「皇上，微臣認為對於蠻夷小國的要脅，絕對不能縱容，迎頭痛擊才是唯一的出路。所以懇請皇上下令讓兵部和戶部通力合作，馬上調集糧草支援漠城，並派遣特別部隊護衛糧草安全抵達。現在敵方總兵力超過一百二十萬，漠城的兵力不過八十萬出頭，希望皇上能調配雁關、白義山、豫城的駐兵共四十萬，讓漠城守將自由支配。西域聯盟的先頭部隊已經抵達與漠城交界的烏池鎮開始安營紮寨，而主力部隊在十日後便會抵達。皇上，我們必須要爭取在十日內作好所有的兵防佈置，務求一鼓作氣擊退西域聯盟！」父親慷慨呈詞。

「那大宰相認為這次領兵的主帥之職應該由誰來擔當呢？」上官裴避開父親提出的建議，突發一問。

「大將軍司徒玨一向能征善戰，屢建奇功。而且說起對付北朝軍隊的經驗，縱觀朝廷上下，沒有一人比司徒玨更加勝任這個主帥的位置。」田艾青大聲地說出。

「作為司徒玨的姨夫，輔相真是舉賢不避親啊！」他身旁一個高瘦的錦衣男子輕輕地笑出聲來。

「那敢問丁尚書，您是否還有更好的人選可以推薦呢？」三哥轉過頭去，笑咪咪地問出。

原來這個男人就是新任兵部尚書，丁夫人的哥哥丁佑南。我又多看了他一眼，相貌平平，看上去毫無過人之處。我突然想到了美豔無比的丁子宜，她竟然會是他和丁夫人的妹妹，只能說龍生九子。

「啟稟皇上，臣認為說起能征善戰、屢建奇功，誰都比不上皇叔襄陽王上官爵王爺。王爺也多次平定西域叛亂，對西域聯盟的作戰方式和將領特點十分之熟悉。何況王爺德高望重，又是皇室宗親，將兵權交到王爺手中，更加讓人信服安心。」丁佑南不緊不慢地說出。

「作為襄陽王的得意門生，丁大人也是舉賢不避親啊！」大哥輕描淡寫地說出這句話。「皇上，襄陽王已經年過半百，而且隱退山林多年，現在再讓他老人家出山帶兵，恐怕精力、體力上都大不如前。惡戰當前，我們承受不起任何的閃失。」

「難道你是說我父親廉頗老矣？」另一個高瘦的年輕男子頓時滿面怒容。

啊，我想起來了，這個眉目清秀的男子就是上官爵的小兒子，上官裴的堂兄，汝南侯上官燁。

「夠了！」上官裴大喝一聲，從座位上猛然站起。「朕已經決定了，這次北朝皇帝膽敢提出如此侮辱本朝和藐視朕的條件，簡直是欺人太甚。朕決定此次御駕親征，親自應戰，讓這些蠻夷國付出慘痛的代價，方瞭解我天朝的威嚴和神聖不可侵犯。鎮關大將軍司徒玨擔任副帥。朕不在上京的時候，大宰相司徒瑞和軍機大臣蘇硯谷同時作為監國大臣代理朝政，朕會召回皇叔襄陽王，讓他帶領他的舊部黔川營的二十萬兵馬守護上京！」他一口氣說完，不容其他人有反駁的餘地，然後不耐煩地揮了揮手，意為跪安。

所有人都面面相覷，過了半晌，方才慢慢說出——

「臣等遵旨。」

我輕身退回了側殿，心中不禁思緒萬千。上官裴要御駕親征，上官爵會領兵守城。父親監國，卻還有蘇硯谷在旁協助。戶部、兵部同時負責兵馬糧草。這樣的安排，兩方勢力均衡，在短時間內誰也占不到半分便宜。現在外敵當前，上官裴這步棋無疑是想先將內部矛盾緩解至攘外以後再說吧。

「錢姑姑，看這陣勢，皇上還要忙好一陣子，本宮就先回去了。皇上國事繁忙，妳要好好照顧皇上的生活起居。」臨出勤陽殿時，我交代道。

剛走到一半，就看見洛兒朝我迎面跑來。

「娘娘！」她看見我走來，慌忙跪下。

「什麼事？起來回話。」自從上一次洛兒成功完成了我交代她的事後，她在我心目中已不單單是一個宮女，我對她存著感激之心。

只見洛兒上前幾步，附在我耳邊輕語了幾句。

我的笑容慢慢浮現出來。「妳看清楚了？」我小聲地問著。

「嗯，不會錯的。」洛兒十分肯定地點點頭。

「擺駕御花園！」

御花園雖然被打理得很乾淨，可是仍掩蓋不住初冬的蕭索。樹上的枝葉凋零散盡，御湖上也結了一層薄薄的冰，明晃晃的月光照在冰面上，反射出淒冷的光芒。不知不覺間，冬天是真的到了。

「多情誰似南山月，特地暮雲開。灞橋煙柳，曲江池館，應待人來。」我朗朗地唸出，驚得湖邊亭榭中背我而坐的一個纖細身影猛然一顫，回過頭來。借著月光，我看見那張嬌豔臉龐上的兩行清淚痕跡。

那人也認出我來，慌忙用手帕掖乾了淚珠，朝我盈盈下跪。「民女參見皇后娘娘。」

「起來吧，坐下跟本宮敘敘話，都要做一家人了，不用客氣。」我徑直坐下，指著身邊另一張圓凳，示意她坐下。

丁子宜猶豫了片刻，方才欠身坐下。

「這場戰事來得真是不巧，再過幾天，本該是妳做新娘子的好日子啊！」我雙目緊緊盯著她美麗的臉孔，將她每一個表情變化都收入眼底。

果然，她一點也不見難過的神色，反而只是淡淡地說道：「民女曉得當然要以國事為重，無國何以為家呢？」

「說得好！」我讚許道：「像妳這樣深明大義、知書達禮的好姑娘，又有著如此的花容月貌，嫁給本宮的二哥，可真是可惜了！」我輕輕嘆了口氣。

她抬起頭看向我，水靈靈的大眼睛滿是疑問。

「二哥對死去的二嫂念念不忘，恐怕此生都不會對其他女子再生眷顧了。妳嫁過來，本宮恐怕妳從此要過著守活寡的日子了。」我輕輕地牽起她的手握在掌中。「這樣的青春年華，本應與心愛之人共結夫妻，琴瑟恩愛，現在真是可惜了。」說著動容，我不禁也紅了眼眶。

她仍舊默不作聲，頭卻低得更深。

我繼續道：「本宮也不知道皇上是做如何一個打算，硬是要讓你們兩個明明各自都心有所屬的人結為夫妻。」此話一出，我明顯感覺到她的手一抖。

「心有所屬？民女不明白皇后娘娘的意思。」嘴上雖然如是說，她的臉卻不爭氣地紅了起來。

「不是嗎，丁姑娘？」我的笑容更加親切。「姑娘真正喜歡的難道不是……皇上嗎？」我決定開門見山。

她匆忙將手從我的掌中抽了出去，一下子跪倒在地。

「娘娘，民女沒有！民女絕對沒有！」

「不打緊，本宮並沒有要怪妳的意思。相反地，本宮能夠深切體會到妳現在的痛苦。不瞞妳說，本宮當初嫁入宮中也是迫不得已，所以妳現在心情如何，本宮豈會不瞭解？」我語重心長地說出，雖然我比她要小三歲，但現在的我儼然是一副大姊的風範。

她低著頭，身子在寒風中不停地顫抖著，終於隱忍不住。「娘娘！」然後哭倒在我的雙腿上。「他們人人都知道民女的心意，可是爹爹、哥哥、姊姊甚至姊夫，每個人都在逼我，民女也沒有辦法啊……」

我安慰地拍著她的背，晚風呼呼地在亭榭外吹著，我想此時她的心情比這冬夜更寒冷吧？

「本宮的阿姊，也就是先帝的皇后，為了先帝殉情而亡。本宮沒有了姊妹，甚為孤單。從第一次看見妳，本宮就感到特別的親切呢。不如本宮就和丁姑娘結為異姓姊妹吧，從此在宮中生活，大家也好有個相互照應。只要妳願意，本宮可以幫妳進宮來。」我試探道：「只要妳願意，本宮一定會想辦法幫妳達成心願。」我輕輕用手抬起她的下顎，正對上她淚眼婆娑的雙眸。「本宮不願意自己受過的苦，再由別人來嚐。」

「和娘娘結成姊妹？民女怎敢造次！」她掙脫開去，惶恐地再次低下頭。

「姊姊！」我不容她退縮。「義結金蘭之事，只有天知地知、妳知我知。有外人在的時候，我還是皇后，我們兩個獨處的時候，我就是妹妹！」我的語氣如八月的桂花糕一樣甜膩。

「娘娘，可是姊姊她……姊姊她是不會答應我入宮之事的。」她哭得肝腸寸斷。

「本宮有辦法讓妳一定夢想成真。待到木已成舟之時，妳姊姊也不能多說什麼吧？而外界看來，又是一段娥皇女英的佳話。有妳這樣才貌雙全的女子在皇上身邊，也好替妹妹我分擔一點煩憂。而像姊姊這樣的絕色美人兒，皇上哪有不愛之理？這樣安排，大家各得其所，豈不兩全其美？」我的笑容彷彿是從心底裡蕩漾出來一般的暖人。

她怔怔地看著我，眼眸晶瑩得彷彿如天上的星辰墜入其中一般。

我的笑容仍舊是春風拂面般的溫柔。

我們兩個就這麼對視著，誰都沒有說話。

過了好久，她終於對我點了點頭，然後甜甜地叫了一聲——

「好妹妹！」

第二十七章　又新枝嫩子，總隨春老

上官裴預定三日後起駕親征，這是上官皇朝建國兩百八十多年的歷史中，第三次御駕親征。第一任皇帝上官達在登基二十二年後，為了平定雲貴的叛亂決定親自出征，大獲全勝後卻因為傷口感染不治而死在了歸途上。

第九任皇帝上官蔚決意吞併烏蘭，久攻不下反而被敵方的神武大炮擊中，當場斃命。雖然最後烏蘭還是被繼位的新帝給攻下，但是這樣的代價未免也付得太大了。

御駕親征從此成了上官皇朝皇帝們的一個夢魘，在以後的太平歲月或是間隙的烽火硝煙中，沒有一個皇帝願意以身試法去打破這個魔障，直到現在。

從上官裴口中，「御駕親征」這四個字又重新被提起，難怪朝臣們要面面相覷卻又有苦難言。勸上官裴放棄這個念頭無疑是大戰當前擾亂軍心；但是讓他親自出征，是否能夠逃出這個不吉的怪圈，誰都沒有把握。

因此這三天內，整個朝廷都籠罩在一片愁雲慘霧中。

「皇上駕到！」內侍高聲宣佈著上官裴的到來。

這是我從宰相府回宮後第一次與上官裴正式見面。

「臣妾恭迎聖駕。」我看見他款款走近，這才起來欠身行禮。

「皇后免禮。」

他一身淡紫的衣袍，口氣竟然出奇的溫柔，伸出手來親自扶我起身，這種過分溫存的舉動不禁讓我微微側目。

「朕這幾日都忙於國事，無暇顧及皇后。大戰當前，朕馬上又要御駕親征，能陪在皇后身邊的時日是少之又少。這幾日皇后身體還好嗎？看樣子體內的毒應該沒有發作的跡象吧？」

他在我身邊坐定，人湊得很近，我可以看見他的睫毛上掛著一滴剛化開的水珠。外面已經開始冰凍結霜了吧？

「多虧有寶寶的保護，臣妾這幾日還好。」我說得很簡單，實在不明白他突如其來的示好，到底在賣著什麼關子？而他能夠在和我撕破臉皮對峙過後，還有本事佯裝什麼事都沒有發生過，我倒也佩服起他的「壞記性」來了。

「那就好！解藥的事，朕一定會幫妳想辦法的。」

他輕輕地說道，看在我眼裡完全是另一副言不由衷的模樣。

我眼角斜挑瞥了他一眼，他被我這麼一瞪，愣了一下，反而略有些不自在。不過這種尷尬瞬間即逝，彷彿什麼都沒有發生過一樣，我的笑容也在瞬間爬上了臉頰。既然已經將生死置之度外，反倒也坦然了，心中並不期冀他最終是否能夠將解藥給我，只要讓我在有限的時間內安排好該做的事情，那我也就無憾了。

「這個阮文帝真是賊心不死，先是妄圖強取妳阿姊，現在又發夢要豪奪妳。朕這次不滅掉北朝，誓不甘休！」他突然轉移話題，看上去氣憤難當，牙關被他咬得格格作響。

「那臣妾就在此預祝皇上旗開得勝，凱旋歸來。」我的眼睛只是看著地面，這次自己的名字竟然會出現在阮文帝戰書的條件中，確實是一件讓人哭笑不得的事。

「皇后。」他又坐近了一點，不防間我的手已經被他握在了掌心。「朕遠征在外的這段時間，就有勞皇后管理後宮之事。俗話說，『家和萬事興』，更何況現在是國難當頭，大家唯有團結一致，方能度過難關。」他的口氣軟軟的，好似在哄一個孩童一般的好耐心。

原來是這樣！如此的曲意示好，原來不過是為了讓我在他離宮的日子裡，不要對丁夫人有所行動。

「哈哈，皇上說得極是。家和萬事興，皇上不在的這段日子，臣妾一定會管理好後宮之事，讓皇上沒有後顧之憂的。」

他笑了笑，在我的手背上輕輕拍了拍，我也回笑著，兩個人心照不宣地演示著各有所思。正在我們兩人極盡虛情假意能事之時，張德全一路疾跑衝進了昭陽殿。

「皇上！不好了！」

看來果然是事出緊急，連宮裡的老人張德全都說出這麼忌諱的大不敬話來。看見我在，他也不及下跪行禮，只是一個勁兒地衝到上官裴面前。

「皇上！丁夫人剛才不知為何突然摔了一跤，然後就肚子絞痛，眼看著下身就出血了，現在正發作得不行呢，看來是要臨盆了！」張德全一口氣說完，人還大口大口地喘著粗氣，鼻尖上小滴的汗珠在燭光下閃著亮光。

「丁夫人才懷孕七個多月，怎麼就要臨盆了？」上官裴猛然站起。

「據宮裡有經驗的姑姑看，剛才那一摔摔得厲害，這會子丁夫人正痛得死去活來，看上去是要生的樣子。」張德全任由著汗輕輕滴下，也不敢抬手去拭。

「傳了太醫沒有？」上官裴的嗓門不由自主地提高了許多，上身前傾，一副要撲上去的樣子，嚇得張德全不由自主地向後縮了一下。

「丁夫人一定要先來稟告皇上，所以……」張德全的聲音越來越低。

「混帳東西！還不快去傳太醫！」上官裴咆哮著叫出口，人已經奔了出去。

張德全被他這麼一罵，在那裡愣了片刻，方才反應過來，答應著也向殿外跑去。

「看來有人是一定要在皇上出發之前將這個孩子生出來啊！」我輕笑出聲，轉過頭去對著身邊的許姑姑小聲說道。

「娘娘，我們是不是要過去瞧瞧？」許姑姑臉上也略有笑意。

「後宮裡第一個孩子，這麼大的事，本宮當然是要過去湊湊熱鬧的。」我慢慢起身，向殿外走去。

滎陽殿，燈火通明，宮女內侍進進出出，忙作一團。我進門時，一個端著水盆的宮女看見我連忙下跪，我看見盆中的一大盆血水，不禁皺了皺眉。

「裡面怎麼樣了？」我別過頭去，儘量不去看那盆暗紅。

「回皇后娘娘的話，我們娘娘一直在出血，還痛得要命，邱太醫和廖姑姑正瞧著呢！」她怯怯地回答。

我回頭去與許姑姑對視一眼，繼續向內殿走去，還沒踏進門，就覺得裡面吵鬧聲不絕於耳。待我走近一看，原來是上官裴扯著嗓子要進屋。

「你們這些狗奴才，還不快放開朕！采芝！采芝！」他身形高大，三個內侍使出全力攔住他，還差點被他掙脫。

廖姑姑一頭大汗地在旁邊一邊猛叩頭，一邊高聲勸著上官裴。「皇上，產房血光污穢，不是乾淨地方，皇上乃天子，九五至尊，身子尊貴著呢，可千萬不能進去，娘娘在裡面知道皇上的這片心意就足夠了。皇上，這是祖宗規矩啊！」

說時遲，那時快，上官裴一腳就踹了過去，狠狠地踢在廖姑姑背上。「你們都給朕讓開！」他怒吼的聲音彷彿困獸一般的瘋狂。

「你們都鬆手！」我冷冷地說出這句話。「皇上要進去，你們就讓皇上進去！」我這麼一喝，所有人都猛然回過頭來看著我，廖姑姑聽見我發話，一時愣在那裡，不知所措。

「皇上如果不忌諱，不怕不乾淨的東西上身，那就儘管進去！」我上前走了幾步，在他跟前停下，狠狠地瞪了上官裴一眼。「皇上出征在即，要的就是上天保佑，萬事順利。現在皇上硬是要進產房見血光，為了一個妃子放著江山社稷不顧，那臣妾也不會攔著皇上的，只要皇上以後有臉進太廟見祖宗的牌位！」這段話每個字都被我說得擲地有聲。

上官裴一下子停止了掙扎，站在那裡只是狠狠地看著我，人還是不停地喘著粗氣。

「丁姑娘！」我的眼角瞄到站在人群裡的丁子宜，淡綠色的衣裙裹著鹿皮的圍脖，寒風凜冽中別有一番嬌俏可人。「妳先陪皇上去偏殿歇息。」我轉向上官裴。「大戰當前，皇上的龍體安康最重要。看這樣子，短時間內應該還不會有什麼動靜，皇上何不先去休息一會兒？臣妾替皇上在這裡守著，有什麼消息臣妾會盡快通知皇上的。」

上官裴半信半疑地看著我，我笑得從容，眼神清澈明朗，一時間上官裴也看不出個所以然來。

丁子宜在旁邊小聲地催了聲。「皇上！」她的聲音顫顫的，眸子晶亮得彷彿初夏的御湖盛著滿天的星光一樣璀璨。

無奈中，上官裴三步一回頭地被丁子宜引去了偏殿。

「娘娘，您先坐吧。」

許姑姑早已替我將披上皮毛墊子的椅子搬來，在腳邊幫我生起了暖爐。我方坐下，許姑姑又取來一條鹿皮軟毯替我蓋好腿腳。這番細心體貼，我一一看在眼裡，忍不住朝她回笑著，許姑姑是我在這深宮裡最貼心的人了。

血水還是一盆接著一盆的端出，丁夫人慘叫的聲音依稀可辨。我注視著眼前的一切，抿著唇一言不發。所有人看見我的靜默，也不敢大聲喧嘩，只是安靜地忙碌著。

一個多時辰後，房內突然傳出一聲嘹亮的嬰兒啼哭聲。

我一下子從座位上站起來，連毯子落到了地上也毫不察覺。我幾步跨上臺階向內殿走去，推開門時，廖姑姑剛給一個哇哇大哭的娃娃擦洗乾淨後用棉被包起。看見我進來，廖姑姑來不及將孩子放下，抱著孩子就跪下行禮。

我不耐煩地擺了擺手讓她免禮。「是個皇子還是公主？」我儘量不使自己的聲音顯露出明顯的焦急。

廖姑姑小聲地回話。「回皇后娘娘的話，是個小皇子。」

說話時，她不敢抬頭看我，也許連她也害怕看見我眼睛裡的失望吧。

一剎那間，我的五臟六腑都翻騰起來。是個皇子！竟然是個皇子！那我與丁夫人的這場戰爭只可能是越來越慘烈了。

我的心裡突然生出憤恨和惡毒來。「讓本宮抱抱！」我伸出手去。

廖姑姑猛然抬頭看著我，我從她眼睛裡看出了猶豫，她不但不將孩子遞給我，反而不由自主地向後退了退。這孩子彷彿也像感知到了什麼，突然間停止了哭聲。

廖姑姑看見我伸開的手沒有收回的意思，才萬般不情願地將孩子交到我手裡。

看不出這麼小的一個孩子會那麼沈沈的，在他的身子搭上我臂彎的剎那，閃過我腦海的念頭竟然是——如果我現在鬆手，會是怎樣的一個慘劇呢？我正出神間，突然感覺到胸口的地方微微酥癢。低頭看去，原來懷中的這個孩子正伸出手來漫無目的地抓著我前襟上的流蘇，小小的手掌泛著淡淡的粉紅，絞在流蘇中，卻因為太小什麼都抓不住，只是肉嘟嘟的半握在那裡，煞是可愛。眼光移上他的小臉，鼓鼓的雙頰，半閉著的眼睛，眼線長長的，應該是承襲了上官裴那一雙漂亮的鳳眼。嘴唇一張一合，不時還吐出些口水沫子。

就是那一瞥，我心底最柔軟的地方在那一瞬間被觸動了，彷彿瞬間被洋溢著淡淡玫瑰香的溫柔填滿了胸間。他還這麼小，還什麼都不知道呢。我的寶寶會不會跟他長得也有一絲相像呢？他們畢竟是同父的手足呀！想到這裡，母性的溫柔突然像雨後的春筍一樣，在心頭滋長。

「廖姑姑，抱著小皇子去給皇上報喜吧。」我將孩子小心翼翼地交回給廖姑姑，注意到她不被人察覺地輕輕吁了口氣。

我正準備推門而入丁夫人的寢殿，恰好迎面碰上從裡面出來的邱太醫。

邱太醫下跪行禮道：「參見皇后娘娘。丁夫人剛剛睡下。」

「你退下吧。」我不理睬他的話，徑直向裡面走去。

丁夫人的隨身宮女看見我，紛紛下跪。我揮手示意讓她們出去，她們稍稍猶豫了一下，回頭又看看身後的臥榻，方才不甘心的魚貫而出，許姑姑緊跟著輕輕地將寢殿的門關上。

丁夫人的臥榻被一層淡淡的幃紗圍攏著，聽到動靜，她在裡面輕喚了一聲——

「皇上……」細細的聲音幾乎不可聞。

許姑姑上前撩開幃紗，我跨前一步，正好與丁夫人對了個正著。

產後的她頭髮凌亂，臉色蒼白，嘴唇因為缺水而微微裂開，一副狼狽的模樣。乍一看見我，她的臉色更加難看。

「怎麼是妳？」

她脫口而出的第一句話，已是大不敬。

「皇上呢？臣妾要見皇上！皇上！」她突然激動起來，掙扎著要起身，提高了嗓門想要引起外面的注意。

「祖宗規矩，產後嬪妃的寢宮，皇上七日內是不能進來的。皇上三日後就要遠征西域，在他出發前，妳是見不到他了。」我在臥榻邊的一張圓凳上款款坐下，很享受著她聽到此話後的驚慌。

她好像猛然想起了什麼。「我的孩子呢？我的孩子呢？」她掀開身上的錦被，匆忙起身，雙腳觸地才跨出半步，卻因為體力不支而砰的一聲倒在地上。她聲嘶力竭地叫出聲。「妳把我的孩子怎麼了？妳要是敢對——」

「大膽！竟然對本宮說出如此無禮的話。許姑姑，上去掌嘴。」我淡淡地吩咐道。

許姑姑領命，上前麻利地就在她兩頰狠狠地摑了兩巴掌。通紅的掌印在她如殭屍般的臉上格外的醒目。

「這個孩子是皇室血脈，本宮自然會好好待他。等孩子滿月後，本宮就會將這個孩子接到昭陽殿親自撫養教育。從此以後除了早晚請安，妳就無須過問其他事了。反正妳身體也不好，以後只管好好休養就可以了。」我對她宣佈自己的決定。

等到滿月以後，等到她對孩子培養出感情後，我再將孩子從她身邊拿走，這樣的痛才能真正的痛徹心腑。

「他是我的孩子，妳休想奪走我的孩子！」

她如瘋婦一般，一下子朝我撲過來，幸虧許姑姑眼明手快，一把拽住她的散髮。她吃痛，又跌倒在地上，終於忍不住抽泣起來。

「妳錯了。妳雖生了他，但我會撫養他，教育他，讓他成材。誰是他的生母並不重要，關鍵是他最終會認誰為母親。」我淺淺地笑著，她瞪著我的眼睛幾乎要噴出血來。

「皇上是不會同意的！」她將最後的賭注押在上官裴身上。

「如果妳死了，孩子最終還是會交到我手裡，我想皇上會權衡利弊的。」我驚訝於自己在說出這些殘酷言語時所感受到的快感。

「妳不得好死！司徒嘉，妳不得好死！」她邊哭邊高聲罵開來。

「哈哈，妳叫囂也好，咒罵也好，本宮不會介意。本宮要妳記住一句話，無論怎樣，本宮一定會讓妳比本宮先死。真正到了魚死網破之時，妳的兒子也活不了！妳給本宮聽好，本宮能活一天，妳兒子才能活一天！」我大聲地笑起來，笑得不能抑制，直到最後彷彿眼淚隨時都會流出來一樣。「不過本宮也不想這樣做，本宮和皇上還是要做恩愛夫妻，白頭偕老的，哈哈……」

丁夫人一下子像洩了氣的皮球一樣癱倒在地上，我滿意地看著自己的話對丁夫人造成的致命打擊，以勝利者的姿態起身向殿外走去。「現在本宮要去看望一下小皇子了。」

剛走到門口，身後的丁夫人卻幽幽地吐出一句話——

「妳知道司徒敏是怎麼死的嗎？」

乍聽此話，我渾身的血液彷彿在彈指間凍結起來，我緩緩地回過頭去看向丁夫人，在她的眼睛裡，我看到了剛才還如此熟悉的報復的痛快。

——未完・待續，請看文創風013《孝嘉皇后》二之二・〈紅顏終不悔〉

她的皇后之路走得不很順遂，
可即便內憂外患，
她依然有自信成爲他眼中的唯一，
成爲眾人妒嫉的對象……

宮鬥大腕

台城柳

何為真、何為假？誰人可信、誰人該防？
偌大的後宮裡，找不著一人可託真心，
身邊所愛之人，一個個離她死去，
而此生該要共度的良人，
卻屢屢欲置她於死地？
她原本堅信的世界，
怎麼一眨眼竟分崩離析了……

文創風 011

孝嘉皇后

國家圖書館出版品預行編目資料

孝嘉皇后. 二之一, 一任群芳妒 / 台城柳著. --
初版. -- 臺北市 : 狗屋, 民101.01
面 ; 公分
ISBN 978-986-240-731-8（平裝）

857.7　　100026326

著作者　台城柳
發行所　狗屋出版社有限公司
地址　台北市104中山區龍江路71巷15號1樓
電話　02-2776-5889～0
發行字號　局版台業字845號
法律顧問　蕭雄淋律師
總經銷　知遠文化事業有限公司
電話　02-2664-8800
初版　101年01月
國際書碼　ISBN-13　978-986-240-731-8

定價220元
狗屋劃撥帳號：19001626
網址：love.doghouse.com.tw　E-mail：love@doghouse.com.tw